L'un et l'autre

Collection
dirigée par J.-B. Pontalis

Olivier Wickers

A Smaïl Kaci,

les

TROIS AVENTURES EXTRAORDINAIRES DE JEAN-PAUL SARTRE

en souvenir de notre génération,

ni très malheureuse,

ni très antipathique

Cordialement,

Gallimard

Il n'y a pas d'aventures,
il n'y a que des histoires.

(Prière d'insérer
de La nausée
rédigé par Sartre.)

à Delphine et Lila

Sartre écrivit de huit à soixante-huit ans, tous les jours.

Vu de loin, un homme est penché à sa table, la plume s'agite, fébrile, les pages s'entassent, qui deviennent ensuite des livres, toutes sortes de livres. On les croirait aussi bien sortis du chapeau d'un magicien où la main a plongé sans relâche : romans, philosophie, théâtre, essais...

Écrire ressemble fort à un tour de passe-passe pour qui consent tout de même à s'appliquer : commencer, poursuivre, finir.

Approchons-nous, pourtant.

Trois moments dans la vie de Sartre : la drôle de guerre, quand l'écrivain s'éprouve dans des journées de dix heures d'écriture ; le récit de l'enfance par lequel l'auteur installé manifeste sa maîtrise ; les quinze dernières années de la vie données pour comprendre tout un homme, et pas n'importe qui, Flaubert.

Trois Sartre. Sartre poursuivant l'écriture jusqu'à rencontrer l'écœurement dans ses carnets de guerre. Sartre racontant la légende de ses commencements dans *Les mots.* Sartre réglant la question des fins dans *L'idiot de la famille.*

Trois Sartre, et une seule passion, toute une vie pour savoir ce qu'écrire veut dire.

PROLOGUE

Au mois de décembre de l'année 1939 un quidam enrôlé, les molletières baissées sur les chevilles, l'allure peu soignée, air louche et pipe de travers, laisse choir incidemment dans un seau de mauvais charbon encore fumant un petit paquet de papiers écrits. Un peu plus tôt, sur une feuille à part, il disait sans joie à sa correspondante, d'une belle encre bleue des mers du Sud qu'elle lui avait expédiée : « Je viens de finir *L'âge de raison* aujourd'hui. Je me dis : ça n'était que ça et je le trouve maigre, bien maigre. » Ce soldat maladroit, tel un saint François, faute d'oiseaux, depuis des mois prêchait aux feuilles abondantes, d'espèces variées, auxquelles il réservait un sort commun : détachées pour les correspondances, empilées en manuscrit pour le roman qu'il venait d'achever, reliées en de petits carnets de méditation personnelle, il les prenait toutes nues chez les papetiers et les vêtait de signes. Un sang d'encre coulait des plaies de ce martyr paisible, et voici qu'il inventait brusquement d'y mettre en plus le feu.

« Je l'ai fini. » Il se sent « un peu sec », puis se reprend. « Voilà un an et demi que j'y travaille, je peux bien être un peu dégoûté », ajoute-t-il sur la lettre avant de plonger la main dans le bûcher pour en retirer son texte. Il n'est pas satisfait. Il ne se résout pas à ce livre désormais éteint. Il l'inspecte, le flaire, comme si c'était une petite bête malade qui se laisserait mourir entre ses mains malgré les soins prodigués. Il médite : des mois de travail et au bout du compte ce bloc inerte qui a pour seule chaleur celle du charbon. Son livre l'a laissé seul. « Il serait sage de continuer » : il faudrait mettre au propre ce qu'il a écrit, ou bien commencer le volume suivant du roman, puisqu'il a conçu celui-ci comme le début d'un vaste cycle, mais cela l'écœure. Finir le livre, le poursuivre, ou en commencer un autre, il balance entre les voies possibles : « Et que puis-je écrire ? Je me tâte. » Un instant après, il a trouvé : il n'a pas dit son dernier mot. Puisque la fin du volume est atteinte, il lui reste encore le début. Il lui inventera un prologue : il remontera dix ans en arrière, montrera ses personnages comme ils étaient alors ; les voici qui revivent, lui sourient, on dirait qu'ils sont contents : Marcelle et Mathieu, la jeune Ivich, tous ces cadavres ressuscitent, mieux, ils rajeunissent. C'est dit. Il s'y met aussitôt. Il a trouvé sa formule : finir, et puis recommencer, poursuivre, comme on agite des braises pour garder un poêle toujours chaud. L'écrivain se réchauffera à la lumière de ce petit brasier qu'il voudrait confondre avec une aurore nouvelle.

Sa correspondante, le très sage Castor, l'en dissuadera. Le livre était fait, fini. Le poursuivre eût été l'épaissir pour rien, ou, pire, le défaire. Il l'écoutera et passera à autre chose — autant dire qu'il écrira ailleurs.

L'épisode pourrait nourrir une superstition des prologues : ou ils n'ajoutent rien, ou ils encombrent.

En voici un tout de même, où notre personnage a vingt ans.

Les familles ressemblent parfois à des maladies contagieuses : débarrassé de son père avant l'âge de deux ans, il a hérité d'un grand-père ; celui-ci écarté, à douze ans il se découvre un beau-père, la leçon avait porté. Il serait toujours temps de se revoir au cimetière. Il s'y rendait ce jour-là pour une cousine du côté paternel qu'on enterrait à Thiviers. Il finissait sa première année à Normale et étudiait la philosophie. Il y rencontra une jeune femme de son âge, ils se plurent. Avant de savoir qui il était, il savait qui il ne voulait pas être. Tous ces médecins et ces notaires partageaient des préoccupations qui lui étaient étrangères. En 1925, ces métiers avaient peu de chances de ne pas échoir à des hommes. Pour ne pas vouloir s'y retrouver, il fut précipité « du côté des femmes ».

Ainsi, de ce côté de la tablée, on trouverait à

l'écart, loin des cigares et des taxes additionnelles, les femmes, peut-être leurs enfants et, assurément, un jeune philosophe. C'était poursuivre le ton de ses lectures où son camarade Nizan dans leur turne de Normale écrivait fièrement de belles sentences comme : « Épicure parlait aux putains et aux esclaves et ne leur mentait point. » La phrase tenait sur ses pieds, plus vraie que toutes ces ombres de notabilités. Il revenait aux origines, quand les philosophes voisinaient les fous et les enfants. Installé au milieu d'un gynécée de créatures irresponsables et secondes, il est heureux. Avec la jeune inconnue, ils s'entendent — encore faudrait-il pouvoir se parler. On les interrompt, on le sollicite. Ils sont le temps d'un déjeuner ramenés à l'époque des nouvelles qu'on portait de Paris à la province par diligence. Les messieurs questionnent : et le cartel des gauches, Herriot, le franc ? Ils se lèvent et vont marcher dans la campagne. Pour débuter, ces promeneurs des champs ont envoyé promener les hommes.

Il appelait la jeune femme Toulouse, plutôt que Simone, un prénom qu'il retrouverait plus loin pour l'abolir aussi par Castor. Il aimait user de surnoms. Nommer, c'est posséder. Il l'avait appris, enfant, dans *Le grand Larousse* : le monde du dehors n'était que l'imparfaite réplique des belles pages imprimées... « Hommes et bêtes étaient là en personne... hors les murs on rencontrait de vagues ébauches... » Nommer donne la vie, renommer fera renaître. Simone aurait pu laisser une impression de banal, pire, de conjugal, tandis que Toulouse ! Quelle histoire vivre, sinon une histoire imaginaire et pour rire, avec une Toulouse ? Quant à elle, trompée par le chapeau qu'il portait à l'enterrement, mais renseignée par la laideur qui était le plus sûr de ses habits, elle l'appela Mirabeau. Dans leurs lettres, ils se donnaient du Rastignac (pour elle) et du Vautrin (pour lui). Fantasque, frivole, elle lui en fit voir mais juste assez pour se dire que jeunesse passait. Dans son dos, il écrivait des phrases comme Rira bien qui rira le dernier. Il pariait, contre le présent, sur l'avenir qui faisait du débutant un vieillard rattrapé par sa jeunesse. Il écrira quinze ans plus tard sur un carnet de guerre : « Ma vie était une composition en rosace où la fin rejoignait le commencement : l'âge mûr et la vieillesse donnaient un sens à l'enfance et à l'adolescence. En un sens j'envisageais chaque moment présent du point de vue d'une vie faite, pour être exact, il faudrait dire : du point de vue d'une biographie. »

Ces jours-là, il vivait sa biographie, en attendant de se relire. Était-il très adroit aussi ? Elle, évoquait les mystérieux romans qu'elle écrirait un jour, se voulait une fille de Lucifer, et lisait Nietzsche, nue, debout contre une cheminée. Elle avait des amants riches et vieux, qu'elle faisait souffrir ; une enfant recueillie, son « esclave », Zina, qui l'adorait. Leurs vingt ans ne se ressemblaient pas. Ils brûlaient Toulouse quand son âge l'impatientait. Il avait des envie de tourner des pages, de sauter des passages pour aller plus vite au dénouement. Elle vint à Paris le voir, se montra en robe rouge au bal de Normale, fit cadeau d'une culotte pour la lampe de la turne. Elle repartit dans ses provinces. Il s'énervait de ne pas régner. Ses lettres traduisaient de l'humeur. Il lui trouva, dit-on, un emploi dans une papeterie à Paris. Ce modeste début dans les lettres échoua : le vrai Vautrin aurait-il fait prendre à Rastignac la blouse d'employé ? Ils s'entêtèrent quatre ans, avec des éclipses.

Passons à l'épilogue. Il ne perdra jamais de vue Toulouse, qui finira sa vie à peu près folle — n'est-ce pas dire qu'elle l'était déjà à vingt ans quand elle le maltraitait ? Le Castor décrira très bien la vérité de ce mal : « Elle aurait dû le préférer à elle-même. » Toulouse ignorait l'ordre selon lequel on range les êtres et les faits dans une vie, elle ne sut pas qu'on devait mettre Sartre en premier.

Entre-temps, ils se seront dit une ou deux vérités.

Ainsi ce portrait de lui-même qu'il lui adresse dans une lettre de 1926, la première de lui qu'on connaisse, si l'on excepte celle de l'enfant de sept ans à Courteline, que les journaux publieront plus tard contre son gré : « Mais surtout j'ai l'ambition de créer : il me faut construire, construire, n'importe quoi, mais construire ; j'ai fait de tout, depuis des systèmes philosophiques (idiots bien entendu, j'avais seize ans) jusqu'à des symphonies. J'ai écrit mon premier roman à huit ans. Je ne peux pas voir une feuille de papier blanc sans avoir envie d'écrire quelque chose dessus. »

Cruel autoportrait, malgré l'ironie : ce jeune homme a été un graphomane. Il écrivait pour écrire, peu importe quoi, une lettre à présent ou une symphonie tout à l'heure, pourvu que la page se remplît de signes et que les pages remplissent la vie.

Curieuse manière aussi de faire un portrait, sans qu'on sache, à le lire, ce qui est vrai encore et ce qui ne l'est plus. Étrange prologue où tout semble dit des débuts et des suites, du genre d'écrivain qu'il est et sera.

POURSUIVRE

Les carnets de la drôle de guerre

1

Œuvre

Il n'aimait pas les rêves, les vrais, ceux que nous faisons dans notre sommeil et que notre volonté ne dirige pas. Il n'est pas certain qu'il aimât dormir, sinon pour la contribution que la nuit apporte à l'activité du jour. Ses nuits étaient prescrites, sur ordonnance d'écrivain, rendues sourdes par la cire qu'il mettait dans ses oreilles et plus tard par les médicaments qu'il prenait le soir pour annuler ceux qu'il prenait le jour. Elles étaient un devoir de soldat, la pause nécessaire, et la plus réduite possible, qu'il faut accorder aux bêtes comme aux machines si l'on veut, sinon arriver, au moins poursuivre. Ce philosophe du Néant vivait tout à fait comme si le Néant n'existait pas : quand on ne croit pas à sa propre mort, peut-on avoir peur de la nuit ? « Je ronflais comme un sonneur », rapporte-t-il dans *Les mots* de ses années de chambrée à l'École normale. Ce calme indisposait des jeunesses moins tranquilles que la sienne. Il leur aurait volontiers donné raison. « Quelquefois, dans une turne, ces condamnés se racontaient leurs nuits blanches, leurs expériences anticipées du néant : ils s'entendaient au quart de mot. Je les écoutais, je les aimais assez pour souhaiter passionnément leur ressembler, mais j'avais beau faire, je ne saisissais et je ne retenais que des lieux communs d'enterrement [...]. À la fin, ils se tournaient vers moi, agacés d'avance [...] : "Tu ne t'es jamais dit en t'endormant qu'il y avait des gens qui mouraient pendant leur sommeil ?" » Il ne se l'était jamais dit, cela ne le concernait pas. « C'est ça : je me crois immortel », répondait-il, moitié par défi, moitié par entraînement.

On peut se contraindre et prendre un mot pour un autre, appeler lune le soleil, mais on ne refait jamais tout son ciel en une seule fois. Les mots balbutiés reprennent leur place, la phrase retrouve son étiage, et il arrive qu'en soi l'eau stagne. « Castor dit que je me crois immortel. C'est peut-être un peu vrai. Je n'envisage pas de mourir. Mais il y a autre chose. » Il écrit cette phrase au front ; il a trente-quatre ans et c'est la guerre, un lieu où d'ordinaire la mort rôde et ne choisit pas qui elle prend.

Il y avait donc autre chose : l'œuvre. Une chose qu'il portait cousue sous la peau ou peut-être tatouée sur le front. « J'ai toujours conçu mes écrits non comme des productions isolées mais comme s'organisant en une œuvre. » L'œuvre est un vrai tour de passe-passe d'écrivain. Un livre paraît complet et soudain un mot, des signes dispersés dans le texte forment de délicats prières d'insérer qui défont l'illusion. Comme sur une pipe peinte par Magritte, l'auteur a lu dans son livre : ceci n'est pas l'œuvre. L'œuvre est toujours ailleurs, elle ressemble à la « Venise vue de ma fenêtre » décrite dans ce texte de 1957 : « À Venise, je suis la proie d'une espèce de folie jalouse ; si je ne me retenais pas, je serais tout le temps sur les ponts ou sur les gondoles, cherchant éperdument la Venise secrète de l'autre bord. Naturellement, dès que j'aborde, tout se fane ; je me retourne : le mystère tranquille s'est reformé de l'autre côté. Il y a beau temps que je me suis résigné : Venise, c'est là où je ne suis pas. »

Sous les armes, l'œuvre était la grande pacificatrice qui étendrait son aile sur toute sa vie : « Cette œuvre tenait dans les limites d'une vie humaine [...] il en résultait pour moi une existence consciente, parfaite et finie, quasi circulaire, où les attentes étaient exactement recouvertes par les résultats [...] l'essentiel n'est pas d'être immortel. L'essentiel est que la vie ait un achèvement. » Cet achèvement, c'était son œuvre finie. Il la terminait, puis, un peu après, poursuivant sa prophétie, il pensait qu'il mourrait.

L'écrivain a brillamment commencé. Déjà, il étonne. Le jeune philosophe a publié des textes techniques en 1936, *L'imagination* et *La transcendance de l'ego*. Le romancier a frappé les esprits. Coup sur coup paraissent, en 1938 et 1939, un roman, *La nausée*, et un recueil de nouvelles, *Le mur*, qui font grand bruit et, pour partie, scandale. Des revues lui commandent des articles. Il écrit sur Faulkner, Dos Passos, Husserl. Il donne des interviews, on le compare à Kafka, on parle de lui pour les prix littéraires, et si *La nausée* n'est pas couronnée, *Le mur* lui vaut, en 1940, le prix populiste. C'est donc un véritable auteur que la guerre surprend, avec des titres au catalogue, des lettres de lecteurs et déjà des inimitiés, mieux, des victimes célèbres — ainsi François Mauriac, à qui il assène dans la *NRF* un long cours de technique romanesque qu'il conclut d'un furieux : « Dieu n'est pas un artiste. M. Mauriac non plus. » Sa notoriété reste cependant ambiguë : la crudité de ses thèmes et de son ton lui vaut une réputation d'impudeur, voire d'obscénité, dans laquelle il ne se reconnaît pas. C'est aussi un auteur déjà complet : il a goûté au parfum des choses inachevées, ce luxe réservé d'ordinaire aux seniors, quand à la fin on laisse derrière soi un grand œuvre en cours. Il a écrit en trois mois, dans l'enthousiasme, quatre cents pages d'un traité, *La psyché*, qu'il abandonne pourtant « par raison » pour finir *Le mur*, qui lui tenait alors plus à cœur. Voici un bon motif, qu'il retrouvera plus tard pour ne pas finir un de ses livres : en faire un autre. Rien n'est tout à fait perdu de ses tentatives : les idées esquissées seront reprises plus tard et, ici, un fragment de la *La psyché*, sauvé, donnera un autre livre, *Esquisse de la théorie des émotions*, qui paraîtra après sa mobilisation, en 1940. Il a toujours plusieurs livres en train. Tandis qu'il s'occupe de l'un, les autres lui font signe par-dessus les pages en cours de venir les rejoindre. À Berlin, en 1933, il étudiait la phénoménologie de Husserl le jour, écrivait *La transcendance de l'ego* l'après-midi, passait ensuite au manuscrit de *La nausée*, qui s'appelait alors *Melancholia*, mais qu'il nommait encore le « factum sur la contingence ». Le soir, il avait quartier libre : il écrivait au Castor resté en France des lettres qui se sont perdues, et aimait une Française, la femme lunaire, plutôt qu'une femme allemande qui n'eût de toute façon pas prisé sa conversation. L'homme suivait le génie, ou l'inverse, dans ce pas de deux, et ni l'un ni l'autre n'avaient la passion monogame.

2

Rêves

Dans un Paris sombre, il a glissé jusqu'à une place vide. Au milieu, une pancarte clouée sur un poteau marqué : Centre de rassemblement 4. Dessous la pancarte, deux gendarmes. Des ombres ? Non. De vrais gendarmes. Ils parlent quand on les interroge. « Venez à 0 heure, si vous voulez », lui répondent-ils. On dirait un oracle. J'entends bien que les gendarmes d'ordinaire ne disent pas l'avenir, mais ils ne disent pas non plus : « Si vous voulez. » Ils repartent, Sartre en tête, le Castor derrière, et reviendront tout à l'heure. Les voilà, il est 3 heures passées dans la nuit du 2 septembre 1939. Sous la lune, pas plus de monde, mais encore les deux gendarmes. « Allez gare de l'Est », disent-ils à présent, gentiment, comme on s'adresse à des enfants ou à des fous. Ils y trouvent des gens comme eux, des couples surtout, qui se font leurs adieux. Les hommes montent dans les voitures tandis que les femmes restent à quai. Il ne leur reste qu'à les imiter. Personne ne le pousse en avant. Plus de gendarmes pour acquiescer, nulle part d'Autorité pour cocher son nom sur une liste. On dirait le départ d'un volontaire, ou le long délire d'un maniaque qui se croit appelé par des voix. Le voici dans un train pour l'Alsace. Il découvre à Nancy puis Marmoutier les centres de rassemblement, l'impréparation des choses militaires, la morne indifférence des rappelés comme lui et le règne des rumeurs sur les grands anonymats collectifs. Ils roulent, attendent. Roulent. Nancy, puis plus à l'Est. À la vue des trains, des paysages sombres qui défilent, devant la silhouette des autres soldats assoupis, car à présent ils portent l'uniforme, un rêve le prend. « Cet étrange moment de bonheur que j'ai eu le 10 septembre dans le train de Saverne, quand l'aube grise se levait sur les militaires en casque, endormis dans le wagon. La guerre est une invite à me perdre, à renoncer à moi totalement, même à mes écrits, à lâcher tout ce que je tenais si âprement, pour n'être plus qu'une conscience nue... » Rêve de poète ou de fou, et surtout d'homme seul. Tous dorment, il veille, garant subit d'un monde qui a sombré pour les hommes. Il est unique. Face aux choses, une conscience. Les hommes eux-mêmes sont devenus des choses, ils en ont pris les lourdes formes, épousent leurs contours obscurs. Ils ne reviendront pas de ce voyage qui les a faits matière. Enfoncés jusqu'au cou dans des vêtements d'un drap épais, ils se sont évanouis. Les casques ronds et luisants piquent les têtes de fer, une couronne d'épines et de métal ceint les fronts. Au-dessous, son regard ne rencontre que l'opacité de paupières fermées : les visages sont soudain lisses, tous les traits ont glissé et disparu. Il est pareil à un promeneur esseulé le long d'une grève et les soldats allongés ressemblent à des galets battus par le sommeil. Des galets, ou des crabes, une chose trouble dont il ne resterait plus que la coquille, une fois celle-ci vidée de sa chair molle. Il regarde au-delà de ces ombres vagues et nues, où se découvre un océan infini et incertain : l'avenir. Il rêve alors de ce qu'il n'a jamais connu : l'abandon, la perte. Mais le philosophe besogne sous le rêveur. Une « conscience nue » n'est pas une conscience vide, c'est tout le contraire. Il suffit de le relire. Huit mois plus tôt, en janvier 1939, il exposait dans la *NRF* le « sens profond de la découverte » de Husserl, qui s'exprime par cette « fameuse phrase » : « Toute conscience est conscience de quelque chose. » Soudain lyrique, il assurait au lecteur qu'une fois cela compris, « la conscience est purifiée, elle est claire comme un grand vent ». Son abandon est un troc, son rêve un programme. Il méditait sa conversion : il veut bien renoncer à tout, mais pour que tout lui soit rendu. Dans un wagon, près de Saverne, un soldat solitaire parmi la peinture à profil perdu de ses comparses assoupis aura eu la beauté digne des rois qui voient clair.

Le lendemain, il informe le Castor qu'il a décidé de tenir un carnet, « un fort carnet noir épais mais pas trop haut ni trop large, quadrillé bien sûr », qu'elle serait bien gentille de lui expédier dans un prochain paquet. Ce ne sera pas le carnet d'autrefois, le petit carnet Midy, un répertoire trouvé par hasard dans le métro, à l'époque de sa khâgne. Il y portait ses idées au fur et à mesure, et les rangeait sagement par ordre alphabétique. Le nouveau carnet, plus libre, l'aidera à « penser spontané », au fil de l'eau, sans la contrainte d'un ordre, sinon celui qu'il se donnera. Un océan de pensées possibles s'ouvre devant lui. Écrire, pour ne pas dormir et avancer les yeux grands ouverts dans cette guerre introuvable. Il porte en lui une pièce de fer soudée près du cœur. Où qu'il se trouve, elle l'empêchera d'être perdu : elle l'oriente vers le nord magnétique de l'écriture.

3

Vivre

Le ballon s'élève doucement, il est rouge et il ne faut pas le perdre de vue. Un autre va suivre. Depuis en bas, on mesure et calcule : la vitesse du vent et sa direction, la dérive des objets, la trajectoire qui s'ensuit, tous effets de météorologie que dans un moment on téléphonera aux batteries d'artillerie pour qu'elles puissent se régler. Pour rien, en fait, puisqu'on ne tire pas ou pas encore. Dessous les ballons, un petit homme en bleu suit ces courses dans le ciel. Revenu à la terre, il ne change pas son habitude d'observation. Il troque seulement la lorgnette militaire contre la plume civile, avec laquelle il voit plus grand. « Un gnome de Vélasquez », dit-il au Castor pour se décrire photographié à côté des théodolites, anémomètre à main, psychromètre Le Nord Lambert et autres tubes d'hydrogène qui forment son nouvel appareillage. Il est redevenu sondeur, un métier qu'il avait appris distraitement durant son service militaire en 1929. Avec son court béret posé sur la tête comme un bol renversé et son uniforme bleu nuit trop large, autant que celle d'un nain de cour, on croirait reconnaître la bizarre silhouette d'un lettré posée au milieu d'un paysage de champs, quelque Chinois érudit égaré à la campagne. Il s'est accoutumé au retour des instruments du météorologue. Scruter le ciel n'est pas tout à fait déchoir pour un écrivain. Le dépouillement des sondages le laisse plus perplexe : sur les petites feuilles quadrillées d'un papier millimétré où il faut porter les indications, son œil flanche, sa main se jette au hasard. C'est la seule fantaisie d'écriture qu'il s'autorisera aux armées.

Dans les premiers jours de sa guerre, il adresse au directeur de la *NRF*, Jean Paulhan, un récit enjolivé de sa nouvelle vie. « Me voici soldat et appliqué. Mais non pas guerrier. Je lâche des ballons comme des colombes aux environs des batteries d'artillerie et je les suis avec une lorgnette pour déterminer la direction des vents. J'ai le loisir de continuer mon roman. » La bucolique missive, écrite à la manière d'un pastiche du style détaché et gracieux de la *NRF*, contient une allusion polie à un ouvrage publié de son correspondant, *Le guerrier appliqué* (« il joue à la marraine des écrivains au front », écrit-il ironiquement au Castor, mais le temps d'une lettre, il a cédé à la tentation de jouer les filleuls).

Il nous laissera bien d'autres portraits de guerre, plus vrais si l'on veut, peints à la grosse dans ce milieu organique d'hommes où les choses ne sont plus que des ustensiles militaires au service d'une fin introuvable. Sartre et les « acolytes », ses compagnons de sondage. Sartre, une nuit, gardien de vaches armé d'un gourdin. Sartre cherchant la soupe, râlant contre un sous-officier, tirant au flanc et surtout à la ligne. On pense à de nouveaux épisodes de ses lectures d'enfant, aux livraisons d'un feuilleton, les dernières aventures du héros chez les sauvages, sinon que la magie a fui avec les Indiens et les gorilles. Ce sont bien des hommes, dans lesquels il lui a fallu plonger tout entier cette fois, et non plus des pages magiques qu'il effleure du bout des doigts. C'est plus lourd et bizarrement plus plat, les hommes. Parfois, il retrouve la poésie, dans des petits matins au café, les airs de chanson entendus à la sauvette et les souvenirs de sa vie passée qui lui reviennent. Mais ce ne sera jamais tout à fait la magie qu'il aimait chez Rimbaud, celle des « peintures idiotes, dessus des portes et boissons tièdes », celle pour rien en somme dont parle le poète au lendemain des fêtes. Il est trop lucide sans doute pour faire un bon poète. À Marmoutier, au douzième jour de sa mobilisation, découvrant les trois autres sondeurs, il écrit sur son carnet à peine commencé : « C'est un épisode comique que cette arrivée d'un type "gonflé à bloc" au milieu d'un groupe de combinards, couards et tireurs-au-flanc, dont l'un crève de peur de mourir et dont l'autre cherche à tirer le meilleur profit de la situation, cependant que le troisième ne fout rien et ne songe qu'à boire son verre de pinard soir et matin. » S'observant, il ne se découvre pas meilleur, « stoïque sur un fond de combine », et il ajoute au portrait cette note acide : « Je n'ai donc que ce que je mérite. Je suis tombé sur un groupe de types qui ont les mêmes préoccupations essentielles que moi mais sans la littérature et la sauce philosophique du stoïcisme. » Il est en somme n'importe qui dans cette guerre qui commence, un soldat parmi d'autres, au détail près de l'écriture.

Sous les armes, il a vite repris ses habitudes. Il écrit toute la journée. Un roman, ses carnets, des lettres, trois par jour au moins et en vérité bien plus. La première était toujours pour le Castor et la deuxième pour Wanda, avec qui il avait commencé une liaison. Wanda était la sœur d'une ancienne élève du Castor à Rouen, Olga Kosakiewicz pour qui, alors professeur au Havre, il avait éprouvé entre 1935 et 1937 une passion ravageuse. *Le mur* en conserve la trace : le livre est dédié à Olga. La troisième lettre était pour sa mère. Trois veuves de guerre pour un homme bien vivant, plume en main. Pour que la somme soit juste, il faudrait encore ajouter à ce compte une quatrième et jeune femme, Bianca, élève du Castor au lycée Molière, à Paris. Le Castor, Wanda, Bianca, trois histoires en cours, de nature et d'intensité différentes, forment la trame de la vie qu'il a abandonnée derrière lui : une vie « en partie triple », brusquement résumée à la vie singulière d'un soldat en guerre.

Et puis, il lit : les journaux, presque autant de lettres qu'il en écrit, et des livres dont il tient avec soin la liste qui s'allonge, Kafka, Alain, Queneau, Saint-Exupéry, Koestler, les journaux intimes de Dabit, Gide, Green pour commencer. Les livres circulent entre lui et l'arrière ou vers « le petit Bost », ancien élève de Sartre au lycée du Havre, devenu le compagnon d'Olga et pareillement au front. On s'écrit avec impatience « Envoyez Shakespeare » à la place des bombes et des avions qui n'arrivent toujours pas. On parle de sous et d'affaires de cœur. Les bulletins du front deviennent : expédiez-moi des capsules d'encre, de l'argent, du papier, des nouvelles. « Racontez-moi tout, vous ne pouvez pas savoir comme tout cela m'intéresse », répète-t-il au Castor, dont il attend un récit aussi minutieux que possible des événements qui se produisent dans le petit monde resté à Paris. Le « charmant, l'excellent Castor, le petit tout », qu'il baptise ainsi dans les lettres, s'exécute. Elle rapporte, analyse, détaille les peines de cœur, les disputes de cette vie d'arrière au décor immuable de cafés et d'hôtels. Pour Olga, puis Wanda, et à présent Bianca, il s'est toujours dépensé sans compter : temps, argent, tout concourt à son effort pour séduire, et ensuite conserver les jeunes femmes. Il donne mille francs par mois aux deux sœurs Kosakiewicz, qui vivent à Laigle mais qu'il souhaite pouvoir installer à Paris. Avec le Castor, il a souvent fait des démarches auprès des parents des unes et des autres, par exemple pour qu'Olga abandonne la médecine et étudie la philosophie. Cette adoption amoureuse, puis amicale, est son vrai luxe, à quoi suffisent à peine les droits d'auteur et un traitement de professeur. Il donne, pour l'existence qu'il rêve, cette définition : « Régner par l'amour sur une communauté gracieuse et oisive. » En retour, il veut tout savoir de ces vies qui ressemblent si peu à la sienne — elles en sont même l'antithèse, elles composent le curieux portrait à rebours de ce qu'il est, laborieux et plutôt rude, lui qui, parlant de son bonheur, le compare à un « vin épais ». Le Castor reste à part des autres. Miraculeux : « Elle a compris qu'il fallait qu'elle vive pour moi. » Elle réfléchit l'image du couple déjà fameux tout en laissant passer à travers elle le regard de Sartre. Dissimulé derière un miroir sans tain, celui-ci voit et entend tout : absent, il est comme le Vénitien Volpone, qui jouait au mourant pour mieux observer les vivants.

Dans les marges, il part sonder avec un camarade. Les sondeurs, rattachés à l'état-major, sont exemptés des corvées ordinaires du régiment. Ils forment un groupe autonome, exerçant très librement un métier qu'ils sont d'ailleurs les seuls à connaître. À l'écart, ils portent même dans cette division de l'armée de terre l'uniforme bleu des aviateurs. Leur organisation est sans faille, des plus simples. Quatre pour la division, ils forment deux équipes. Un jour sur deux, le soldat Sartre est de sondage, avec un camarade, Pieter, commerçant rue des Pyrénées, à Paris XXe. Ou bien il fait mauvais, et ils ne sondent pas ; ou bien ils sondent à deux ou trois reprises et c'est tout au plus quelques heures de perdues pour la littérature. Le jour suivant, il est « de corvée », ce qui consiste en presque rien : aller chercher le café du matin, rapporter les repas de la roulante pour les deux autres, et, mais très peu, entretenir leur cantonnement. Les vagues occupations du militaire sont l'appendice incertain d'une vie qui mâche les mots et recrache de l'encre. D'un côté la main qui écrit, de l'autre l'œil occupé à suivre des ballons rouges dans le ciel et des mots sur la page. En vérité, il faudrait corriger déjà l'image, accroître l'inégalité du partage : l'œil est mobilisé tout entier avec l'auteur dans la tombe de papier, il n'en reste plus beaucoup pour le lecteur ou le sondeur. Ce militaire d'état-major ne vit que dans des lieux civils : il passe ses journées dans les auberges et les cafés, et dort souvent à l'hôtel, au gré des cantonnements ; il fréquente les salles d'école désertées, prend ses aises dès le matin sur les tables de cuisine, poursuit ses travaux dans les arrière-salles des restaurants où on le laisse s'installer à l'écart — toujours occupé à lire ou écrire, il dérange si peu. Il a retrouvé dans un village d'Alsace les géographies courtes de sa vie passée entre Montparnasse et le boulevard Saint-Germain. Commencé à La Taverne du Cerf ou à La Rose d'Or tôt le matin, avant l'ouverture, au milieu des salades et des pièces de viande, poursuivi plus tard à L'Écrevisse entre deux services, le livre en cours sera fini à Paris, au Dôme ou à La Coupole.

La légende abonde en images de l'écrivain-soldat qu'interrompt un officier intrigué par tant d'activité studieuse. Les clichés n'auront pas le temps de jaunir : on fera plus tard ralentir les cars de touristes à la hauteur des cafés de Flore ou des Deux Magots dans l'espoir d'apercevoir le grand intellectuel français à sa place, quelque part entre le Paradis, l'Enfer, et la dame des pâtisseries. Mais il n'y a rien à voir de quelqu'un qui écrit, sinon une main agitée au-dessus des feuilles, un front bas et buté, des lèvres pincées. Il faut l'avouer : un écrivain ne paye pas de mine, il ne ressemble pas à grand-chose si ce n'est à un butor, au mieux à un commis, une sorte d'employé, et qui s'emploie d'ailleurs, mais on ne sait trop à quoi, ni sur quel livre de comptes il peut bien établir ses minutieuses balances. À peine l'uniforme ajoutait-il cette fois au bizarre d'un auteur déguisé. « On ne devrait pas voir les auteurs de près », lâche un capitaine qui s'est approché et lui a trouvé l'air « effondré » ; pas effondré, « mais celui que j'ai quand j'écris », précise Sartre à sa correspondante. Il ne renie pas ce portrait sur le vif. C'est sans doute que l'officier a bien regardé. Souvent, les contemporains sont moins sages que l'officier désappointé. Ils respirent un parfum d'encre et, soudain enivrés, ils fabulent. En vérité, faute de pouvoir regarder par-dessus l'épaule de l'auteur, on n'y voit goutte. C'est ainsi. Nous avons nos Évangiles profanes, les génies sont des saints laïques, et parmi eux les écrivains figurent dans de beaux calendriers de l'avant-livre. On voudrait pour bannière quelque chose qui garde l'esprit du splendide tableau de saint Augustin peint par Carpaccio à Venise : la noble figure du saint en aube blanc et rouge, posée dans un rai de lumière divine, attend, la plume suspendue.

Sartre, qui ne cherche pas ses mots, déçoit à l'image. Il écrit, et c'est tout.

Toute la division sait qu'il y a un soldat qui écrit. On lui fait visite comme on se rend à la ville si on est de la campagne, à la campagne si on est de la ville, puisque lui est d'ailleurs, de l'écriture. Ce sont leurs promenades du dimanche et les journées militaires ne sont que des dimanches répétés, un grand jour férié entrecoupé d'occupations vaines. Il ajoute une notoriété à une autre, « celle du soldat le plus sale de la division ». Les anecdotes émaillent ses lettres : les servantes de L'Écrevisse pouffent quand il entre dans la salle et la patronne, qui l'a pris en sympathie, doit les faire taire. Un colonel l'arrête dans la cour pour lui faire observer que sa braguette bâille — en vérité, elle bée depuis plusieurs jours, décousue. Il est barbu, mal fagoté, et borgne. En avril, il se réjouit du bain qu'il prend. La saleté de ses mains finissait par le gêner. Des gestes courants, saluer un supérieur de sa paume noire de charbonnier, tendre de l'argent au café, devenaient délicats ; pour écrire, des mains baignées d'encre ne le dérangent bien sûr pas. « Je ne me lave ni ne me soigne. » Il délaisse le corps réel, ses soins vont au corps de papier qui, s'alourdissant jour après jour, lui assure sa vraie dignité. Roi dans les lettres, il est, hors des pages, le bouffon, une sorte de brave type un peu fou, « révoltant » dans ses propos, mais qui « fait rire ». Personne ne croit un instant qu'il soit vraiment professeur, comme il l'affirme. Il tait le reste : l'agrégé, le normalien, l'auteur publié. Professeur, cela suffit déjà à nourrir les malentendus : tout le monde sait ce que cela devrait être, et qu'il n'est pas.

Il parle de sa saleté comme d'une sorte de paresse, mais aussi d'un « mysticisme ». Se laisser devenir malpropre, c'est se faire autre. Il abandonne à ses camarades un grossier leurre et va giboyer dans les pages.

À Noël, on organise une petite cérémonie pour le personnel de l'état-major. Le colonel sert à boire à Sartre le premier, le fait est remarqué dans ce petit monde de secrétaires et d'ordonnances, où chacun s'épie. Cette guerre ressemble à une fiction mal bâtie aux yeux de l'officier de carrière. Elle est restée assez frivole pour qu'il la laisse un moment encore au romancier : « Vous trouverez bien quelque chose pour votre roman là-dedans », dit ce colonel d'artillerie. Faute de pouvoir faire tirer ses canons, il se résout à écouter l'auteur, dont les batteries semblent en place. Pour un peu, il ramasserait sa plume, comme, dit-on, Charles Quint le fit du pinceau de Titien. Mais Sartre n'a pas l'âme courtisane. Il répond non, ce qui fait bien court pour un écrivain capable de plus longs développements.

4

Survivre

Il comptait jusqu'à neuf heures d'écriture par jour, plus une ou deux heures de lecture, soit dix ou onze heures de travail quotidien. Il était un forçat, un « séquestré » volontaire de l'écrit. Il aimait ce mot allongé qui ressemble à un verrou qu'on tire derrière soi, assez pour l'employer à lui faire le titre d'une pièce, *Les séquestrés d'Altona*, celui d'un essai sur le Tintoret, *Le séquestré de Venise,* et enfin pour se l'appliquer à lui-même dans *Les mots* : « J'enviais les détenus célèbres qui ont écrit dans les cachots sur les papiers à chandelle [...]. En attendant, je me séquestrais par anticipation. » En somme, le soldat s'était constitué prisonnier pour mieux faire ce pour quoi il était fait : écrire.

De fait, il constate dans ses lettres : « J'écris bien plus qu'à Paris... De ma vie, je n'ai tant écrit. » Une autre fois, il travaille son roman et note que c'est comme s'il était redevenu un débutant. Ce qu'il a déjà publié ne compte plus à ses yeux : rêve virginal, tout recommencer... Peut-être est-ce aussi que le monde qui va avec ses livres a disparu : il lui faut inventer une littérature qui ira avec le nouveau.

Écrire, mais quoi exactement, à travers les trois lettres quotidiennes, les carnets pour tous les jours, et le brouillon de son roman en cours, que plusieurs fois il recopie pour le mettre au net ? Il écrit des pages, et puis les pages à la fin feraient des livres, toutes sortes de livres. Des volumes de correspondance, un *Journal*, des ouvrages de philosophie, une nouvelle méthode de biographie et d'autobiographie, un cycle romanesque, une amorce de pièce de théâtre, des tentatives poétiques composent ce tour de force quotidien. Toute l'œuvre à venir est là, esquissée, éprouvée et mêlée, il ne lui resterait plus tard qu'à y mettre de l'ordre. Voilà le fabliau. Ne le dirait-on pas occupé à manger tout crus ses rêves d'enfant rapportés dans *Les mots* : « Pour écrire, il fallait un cerveau, des yeux, des bras ; le travail terminé, ces organes se résorberaient d'eux-mêmes : aux environs de 1955, une larve éclaterait, vingt-cinq papillons in-folio s'en échapperaient, battant de toutes leurs pages pour s'aller poser sur un rayon de la Bibliothèque nationale. » Il rêvait de se faire livre, comme le Christ s'est fait homme. Il troquerait sa chair contre la page et finirait sur la croix des libraires. Il écrit. Un livre, plusieurs à la fois ? Il n'y a pas de réponse. Ses livres, même faits, se mélangeront. Sa philosophie ressemble par endroits à de la littérature et il s'en réjouit comme ici dans son carnet : « La philosophie que je fais doit être un peu émouvante [...]. N'empêche que pour le "public cultivé" il y aura des passages emmerdants. Mais il commence à y en avoir un ou deux de croustillants par contre : un sur les trous en général et un autre tout particulièrement sur l'anus et l'amour à l'italienne. » En retour, ses romans conserveront des airs de démonstration philosophique. Les lettres si longues parfois ressemblent aux carnets dont elles reprennent des passages entiers, et les carnets délaissent la philosophie pour se résoudre au *Journal*, virer à l'anecdote. L'écriture de Sartre aime les chevauchements autant que l'auteur goûte la cavale.

Parfois, il ne semblait écrire que pour le plaisir d'entendre le son de la plume et pour éprouver l'ivresse de la main qui court sur la page, y aligne les mots en de belles murailles, aussi belles qu'imaginaires. L'écriture est un jeu physique avec la matière brute de la langue : les lettres sont de l'espace étiré qu'il faut faire entrer de force dans leur repli parfait, le mot écrit. Carnets et encre. « Bleu sur bleu ! » s'émerveille-t-il un jour, comme s'il peignait avec sa plume sur une toile de nuit. Des magies étaient à l'œuvre, elles retiraient à la vie ordinaire sa fadeur pour éclairer enfin un paysage de lettres. D'autres fois, il s'en désenchantait comme on a cassé ses jouets. « Je ne suis pas fait pour le roman », écrit-il tout en bouclant le premier tome des *Chemins de la liberté*, et à plusieurs reprises il se déprend des carnets, dénigre sa correspondance ou son style, qui soudain lui déplaît.

Le roman en cours passe en premier. Il se vexe quand on lui rapporte le propos d'un de ses anciens élèves, qui préfère le philosophe au romancier, auquel il ne reconnaît pas d'imagination. Une autre fois, il écrit au Castor : « J'ai bien travaillé. De la philosophie, hélas, pas de pièce [de théâtre], ni de roman. » Pour le roman, il fait des brouillons, plusieurs même, quand tout le reste est écrit à jet continu, sans autre appel possible que la rature infamante. Et encore, il n'estime pas beaucoup ses lettres pour cette raison qu'il ne les rature pas ou presque : elles ne sont pas dignes d'être corrigées. Le brouillon montre le sérieux et révèle l'auteur plus encore que la page finie. Il marque la distance entre le tout-venant et le travaillé.

La littérature se nichait quelque part entre les feuilles reprises et mises au propre. Écrire, pour lui, c'est surtout refaire : le brouillon fini, il en vient un deuxième, parfois un troisième ; enfin, la version finale est écrite au fur et à mesure, ou en reprenant tout depuis le début. Il peut porter le mot « Fin » en janvier au bas du roman, il le retravaille pourtant jusqu'en mai, comme s'il ne parvenait pas à se séparer d'un texte dont il se dit au même moment fatigué et un peu déçu. À le voir recommencer si souvent la même page de roman on se demande la part de magie ou de superstition que recèle l'exercice, ou s'il ne témoigne pas d'une méfiance plus profonde de l'auteur envers sa propre rapidité. Il ne pouvait s'empêcher d'écrire vite, presque aussi vite qu'il pensait, alors il s'imposait ensuite de longues et patientes stations, comme on se met en pénitence et séjourne en purgatoire pour mériter mieux son paradis.

Des hiérarchies s'opéraient entre les modes d'écriture et les genres d'expression. « J'aurais rêvé de n'exprimer mes idées que dans une forme belle — je veux dire dans l'œuvre d'art, roman ou nouvelle. » Il donne ici sa première interview, au journal *Marianne*, en 1938. « Mais je me suis aperçu que c'était impossible. Il y a des choses trop techniques, qui exigent un vocabulaire purement philosophique. Aussi, je me vois obligé de doubler, pour ainsi dire, chaque roman d'un essai. Ainsi en même temps que *La nausée*, j'écrivais *La psyché*, ouvrage qui va bientôt paraître et qui traite de la psychologie du point de vue phénoménologique. » Il est déçu, à l'usage, d'un instrument que vantent pourtant si volontiers les écrivains en place. Écrivain et philosophe d'emblée, il a dû renoncer, parce qu'elle n'existait pas, à une langue unique qui pourrait tout dire. Au passage, l'auteur a dévoilé un programme et une manière. Il annonce pour « bientôt » un ouvrage, *La psyché*, on l'a dit, qu'il abandonnera, en tout cas sous la forme initialement prévue et, plus loin dans l'interview, il invite le lecteur du roman qui vient de paraître à la patience. Dans un prochain volume, le Roquentin de *La nausée* changera, et bien sûr en mieux. « Mais attendons la fin », lance-t-il, confiant. L'avenir rebattra les cartes. Un livre est toujours insuffisant, plus encore pour l'auteur qui voit au-delà. Mais *La nausée* n'aura pas de suite, et Roquentin ne sera pas sauvé.

Sa manière revient à convoquer la langue pour lui imposer une dictée. C'est parce qu'il pense d'abord, et qu'il pense tout le temps — « il n'arrête pas de penser », avait été dûment prévenue Simone de Beauvoir, qui s'apprêtait en 1929 à rejoindre le groupe d'agrégatifs où officiait Sartre — qu'ensuite il écrit. Sartre prend la plume et communique une idée à la page. Écrivant, il feint de ne jamais dévier de ce qu'il voulait dire — s'il le « découvre » au cours de son travail, c'est ainsi qu'il ôterait un voile devenu inutile. À la fin du premier mois d'écriture de ses carnets, il note placidement : « Depuis quinze ans que je pense, je me suis organisé sans le secours d'un carnet. Je pense et exprime en moi, je retiens sans écrire. En sorte que, la plupart du temps, ce que je consigne ici était déjà tout pensé et tout formulé dans ma tête. » Le texte est une photographie de la pensée. Au mieux, la page écrite ramènera l'auteur au point où il se trouvait avant de l'entamer. L'écriture est un temps perdu. Toujours trop lente, quoi qu'il fasse pour l'accélérer, elle ne rattrapera jamais son retard. Comme dans l'opéra de Strauss *Capriccio*, où l'on débat du *prima le parole et poi la musica*, résoudre ce qui vient en premier de la pensée et de l'écriture compte moins que le spectacle que nous offre la querelle. Cet homme penché plume en main plusieurs heures par jour, que fait-il ? Quand Sartre écrit, en vérité, il recopie, l'invention qui s'est déjà produite dans sa tête, l'idée qui l'habitait. Il trace les lettres, forme les mots, comme on illustre avec des phrases un volume bâti par l'esprit, et tant mieux si les phrases sont jolies, alors on a fait de la belle ouvrage d'enluminure de soi-même, et tant mieux encore si on peut écrire vite et beaucoup, pour rejoindre le mouvement de la pensée qui ne s'arrête jamais. Parfois, quand la beauté n'est pas au rendez-vous, l'écriture ressemble aux devoirs qu'on fait le soir à la maison après la classe, sans entrain et parce qu'il le faut bien. Ainsi il appelait tous ses livres des « factum », comme si l'écrivain n'avait jamais été qu'un scribe malhabile au service du penseur impatient.

Encore faudrait-il, pour se le représenter tout à fait, esquisser à ses côtés la figure rassurante du Castor, par qui il est « compris, soutenu, approuvé ». « Si cette approbation me manquait tout foutrait le camp et j'irais à la dérive », note-t-il en octobre. Les images ne manquent pas : le Castor lisant au fur et à mesure les carnets, approuvant cela, désapprouvant ceci (les poèmes, le prologue du roman), le Castor de novembre se mêlant clandestinement aux soldats à Brumath, et surtout le Castor de toujours appelant les suites, réclamant sa forte rançon de pages. Il peut d'autant plus expérimenter librement que le Castor saura ensuite relire et couper ce qui ne serait pas bon. Souvent, les écrivains recherchent autour d'eux un lecteur privilégié qui, comme la femme rêvée par Verlaine, ne serait ni tout à fait le même (qu'eux), ni tout à fait un autre, et ils ne le rencontrent bien sûr pas. Ou trop proche, ou trop lointain, ce lecteur se récuse. La focale n'est jamais juste, ni la distance correcte : je vous connais trop, ou pas assez, répondent, effarés, les sollicités.

Ils étaient ainsi faits qu'ils n'eurent l'un pour l'autre aucune de ces réserves. Lectrice, double, éditeur, elle n'aurait, pas plus que lui, su nommer ce qui les séparait.

Une seule fois, en février, il rompt avec les règles qu'il a édictées. Il rédige plusieurs brouillons pour une lettre. À Paris, un petit séisme s'est produit dont la réplique a atteint Sartre au cœur. Wanda, avec qui il a passé durant sa permission trois belles journées, a découvert une de ses anciennes liaisons, une certaine Colette. Celle-ci a bavardé. Au Flore, elle s'est vantée de ses amours, auprès de Mouloudji, qui a rapporté ce récit à Wanda que, selon Sartre, il cherche depuis longtemps à séduire. Wanda le soupçonne de les avoir fréquentées toutes deux, elle et cette Colette, en même temps. Elle écrit qu'elle ressent une « terrible gêne physique », comme si on avait « mis de la viande » devant elle, et elle pense à ces « mélanges de corps » auxquels elle a dû participer sans rien en savoir. Il faut répondre, convaincre. « Elle me voit en ce moment comme un bouc obscène », écrit-il au Castor, qu'il charge aussitôt d'ambassades auprès de la jeune femme, jusqu'à la mission de lui reprendre d'urgence les carnets déjà parvenus en sa possession. Il redoute qu'à les lire Wanda ne fasse dessus des « méditations moroses ». Et puis, il fait des brouillons de lettres. Plusieurs. Il recommence, pour se calmer, pour que la vérité se fasse jour. Et qu'écrit-il ? Pas une réponse à Wanda, mais une lettre très violente pour Colette, qu'il donnera à Wanda afin qu'elle la lise et l'envoie ensuite à sa destinataire. Un manifeste, un de ses premiers textes politiques, qui justifie le brouillon, la préparation, le littéraire. Une lettre ouverte au sens propre, qu'il recopie plus loin pour le Castor. Il lance à la coupable des phrases d'autant plus dures qu'elles sont, sans que celle-ci le sache, publiques : « Je t'avouerai que le goût que m'avait inspiré quelques jours ta personne était tombé depuis longtemps, on se lasse du sadisme et de la vulgarité. » Il ne se résout pas à la perte d'un quelconque élément de sa vie passée que la guerre avait peut-être suspendue, mais pas abolie. Il tient « âprement » à cette vie et à Wanda

« comme à la prunelle de [ses] yeux, au point de devoir confesser au Castor : « J'ai écrit aujourd'hui [à Wanda] : "Tu sais bien que je passerais sur le ventre de tout le monde, même de Castor malgré mon 'mysticisme', pour être bien avec toi." Qui veut la fin veut les moyens mais je n'étais pas fier en écrivant ça. » Les bavardages de cette Colette menacent l'édifice habilement bâti en cloisonnements et relations croisées, toutes privilégiées, exclusives en apparence, d'où cette violence et cette « saloperie » consentie : violer le secret des correspondances en donnant à lire la charge contre la maîtresse répudiée à Wanda, en sus promettre à celle-ci de passer sur le ventre du Castor, et bien sûr en avertir dans le même temps le Castor. Les lettres se mêlent les unes aux autres et ne forment plus, jusqu'au carnet mobilisé à son tour, qu'un unique plaidoyer adressé à toutes et à lui-même.

Le malaise persiste. Depuis son amour passé pour Olga, les deux sœurs Kosakiewicz sont parées d'« une sorte de pouvoir de juger et de déceler le laid » qui lui fait écrire, à propos de l'accusation d'être un « bouc obscène », une phrase d'innocent déclarant, à la manière d'un coupable, vouloir s'amender : « Je me fais un peu horreur, quoique je sache que ce reproche n'est pas bien juste, et je veux changer. »

Les farces vénitiennes tournent au tragique. Volpone au loin, on se partage ses trésors. Les lettres, les carnets ne pèsent pas aussi lourd qu'il le faudrait. À les faire tenir aux uns et aux autres, il voulait, bien qu'au front, être présent comme à Paris. Cela ne se peut pas. Le corps de papier dénonce l'absence de l'auteur bien plus qu'il la dissimule. Il connaîtra d'autres alertes : Olga, apprend-il un jour, a une passade pour un « Abyssin » ; elle trompe le petit Bost ; bien qu'elle ne lui soit, comme on le dit bêtement, « plus rien », il entre en fureur, et songe un instant à riposter par ce seul moyen : rompre avec Wanda... La vraie guerre du soldat Sartre semble alors se dérouler à Paris, où les mouvements imprévisibles des sœurs Kosakiewicz, les revendications de Bianca, qui se sent délaissée — il rompra avec elle au printemps —, menacent ses positions. Le stoïcisme du soldat laisse passer la violence qu'il met à conserver ce qui lui tient à cœur. « Je n'ai accepté de la [sa vie] quitter sans regret qu'en espérant que je la retrouverai telle quelle », écrivait-il en septembre. Le parieur de Saverne jouait, mais à qui perd gagne, comme si le sort ne devait jamais léser l'homme assez courageux pour tout risquer.

5

Passions

Un jour, en novembre, il a mal aux yeux. Cela devait arriver, avec cette vie de scribe. Il s'en désole. « Faute d'oser durcir mes yeux, mes pensées gardent un certain flou, elles perdent en netteté. » Il pense par les yeux et voit par la pensée. La clairvoyance est une qualité de l'œil autant que de l'esprit, la pensée est un sixième sens et les sens sont des attributs de la pensée. Celle-ci réquisitionne tout ce qui peut la servir, la main, l'œil, qui la prolongent, deviennent elle. Il se fait dans le corps de l'écrivain une chimie compliquée dont le précipité est la page faite avec la main, les yeux, l'esprit.

Il faudrait écrire plus gros, ou plus petit, en un mot changer de manière. Ce conseil de bon sens déplaît à l'auteur. Il argumente au sein des carnets dont il ne veut pas modifier l'apparence : « Mais j'ai quelque répugnance à écrire sur ce carnet en petits caractères comme aussi bien (par manie de collectionneur) à changer la grosseur des caractères et l'espacement des lignes. » La page peut inquiéter l'écrivain par sa nouveauté, elle le rassurera par sa répétition. Que l'une disparaisse à peine écrite, une autre prend sa place : leur succession rappelle la frise des Immortels du roi des Perses gravée sur le marbre d'un temple à Persépolis. Il serre les vis, rapproche les lignes, recouvre le papier de signes tracés pareils aux petits bâtons du prisonnier qui le séparent de sa libération : le livre terminé. Il écrit beaucoup, arrange les lignes et les marges de la même manière, de page à page, qu'il numérote. Les pages miment dans leur ordre parfait un livre imprimé. Elles jouent à être ce qu'elles ne sont pas encore, pour s'aider à mieux le devenir. Les carnets mettent l'avenir au passé, leurs derniers mots seront écrits sur le marbre de l'imprimeur, ils décoreront de frais le front plat du lecteur.

Il ne leur manque pas même l'aspect des vrais livres qui déforment les poches : « J'avais une envie puérile de posséder quatre ou cinq carnets remplis, comme dans mon enfance d'avoir la collection complète de *Buffalo Bill*. Et aussi, naïvement séduit par l'épaisseur du *Journal* de Gide. Je voudrais que mon "journal de guerre" fût aussi épais ; car naturellement j'envisage de le publier. » Une autre fois, il se déprend d'un de ses carnets parce qu'il y a fait une tache : la ressemblance avec le vrai livre est rompue. Son tour éventé, il se désole.

Dans *La nausée*, il avait pratiqué un jeu inverse. Il cherchait alors à faire passer le texte pourtant bel et bien imprimé du livre pour un manuscrit publié avec ses imperfections d'origine : des mots étaient biffés ou illisibles, des pages s'arrêtaient au milieu d'une phrase. L'auteur jouait dans son propre livre à être l'éditeur du texte d'un autre. Il signalait par de savantes notes les incohérences mises çà et là pour faire plus vrai : ce texte si peu définitif était un manuscrit sans auteur. Trouvé par hasard, on le donnait au lecteur malgré ses défauts — tout manuscrit en comporte quand l'auteur n'a pas corrigé les épreuves... tous les manuscrits en effet, sauf les siens, qu'il bâtissait ainsi qu'on vient de voir, sur le modèle des vrais livres, parce que les hommes les plus déchus sont tout de même faits à l'image de Dieu. Les manuscrits se faisaient passer pour un livre et le livre pour un manuscrit. Dans cette ronde de masques, il se pressait d'éprouver les joies littéraires promises aux auteurs complets.

Il pense par les yeux, et les carnets sont de la pensée : cela fatigue, il faudrait ralentir, écrire moins. Il use d'expédients pour s'épargner une diète trop sévère. Les brouillons de son roman sont écrits les yeux fermés, c'est toujours ça de pris sur la fatigue ; des lettres dues à des élèves sont remises à plus tard, il fait patienter ses correspondants irréguliers, qui peuvent bien attendre. Il diminue aussi ses lectures. Le salut ne viendra pas de ces ruses. À la fin du mois, pourtant, l'écriture s'est ralentie. La taille du carnet est seule en cause : s'il continuait à trop grand rythme, il ne lui resterait pas assez de place dessus, et il devrait en commencer un autre. Alors, le titre qu'il a écrit, « Décembre-janvier », deviendrait faux, il faudrait le barrer. A-t-on jamais vu des ratures jusque chez l'éditeur ! Et les carnets continuaient ainsi d'être bien plus qu'un manuscrit, un livre mimé, inventé, qui pourtant se montrait de plus en plus impossible.

La tâche n'est pas aisée, l'exercice est nouveau. Il s'y engage avec l'ardeur du néophyte. Le verbe le signifie bien : on tient un carnet, on ne l'écrit pas — il tient son carnet, et le carnet le tient. Il aurait dû se méfier. Roquentin, dès la première page de *La nausée,* dans un supposé « feuillet sans date » notait : « Je pense que c'est le danger si l'on tient un journal : on s'exagère tout, on est aux aguets, on force continuellement la vérité... » S'était-il cru plus habile que son personnage ou bien la nécessité était-elle trop forte d'élever une muraille de papier entre lui et le monde menaçant de la guerre ? Sous une couche de crasse, une autre de papier, il serait dans une de ces *querencia* dont il avait emprunté le mot au vocabulaire de la tauromachie pour en faire avec le Castor une règle de leur vie commune : chercher partout des endroits « précieux », où on peut, mieux qu'ailleurs, être soi. Tous les genres sont abordés dans les carnets. Ils ressemblent à la coupe d'un cerveau en activité, sans cesse préoccupé de se saisir de tous les objets, grands ou futiles, qui passent à sa portée.

On y trouve en vrac de la philosophie, des notes de lecture, les impressions du moment, des amorces de biographies, la sienne, celle de l'empereur d'Allemagne Guillaume II l'infirme, qui pour avoir du fond de l'Histoire jeté le soldat au front, se retrouve inscrit au programme de l'entreprise sartrienne pour comprendre un homme, retenu comme « exemple de méthode » d'un ambitieux projet : « Je voudrais essayer ici de faire le portrait de Guillaume II [...] et déterminer dans quelle mesure Guillaume II est une cause de la guerre de 14. » Plus loin, se croisent des souvenirs et des récits de l'instant, un poème. Mais surtout, il écrit sur lui, sa vie passée et présente. Une dispute avec un « acolyte » sondeur occupe dix pages, et autant sa décision de se passer de pain et de vin et les difficultés à tenir ce serment, plus sur le Néant, le Temps, l'Historicité. Au poids, on ne distinguerait pas à coup sûr entre les objets et leur importance : une métaphysique ne tient pas plus de place qu'un récit de chambrée et, d'ailleurs, ils se mêlent. En revanche, il tient à jour une comptabilité précise du nombre de pages et de carnets écrits, qu'il adresse au fur et à mesure, comme autant de bulletins de santé, au Castor. Les grands malades n'agissent pas autrement quand à trop vouloir convaincre qu'ils sont guéris ils ne cessent de délivrer un long témoignage sur leur maladie.

Le grand sujet des carnets, c'est lui. Il fait le point sur ses relations avec lui-même, les êtres qu'il a laissés derrière lui, ceux avec qui il vit, avec la guerre, dont il ira jusqu'à écrire, dans un élan emprunté par ironie à Flaubert : « La guerre, c'est moi. » C'est peut-être avoir commencé le livre rêvé qui serait tous les livres et rendrait Venise enfin visible en entier. Il n'en est pas sûr. Très tôt un doute vient sous sa plume, dès les premières semaines : « Ce journal est journal de rien. Je ne vois donc de possibilité de le publier que si l'on s'intéresse non à la guerre mais à moi. Or, pour l'instant nul ne s'intéresse à moi. En sorte que lorsque j'envisage la parution de ces notes, c'est pour une date fort lointaine. » Ce n'est voir dans les carnets que le *Journal* et dans le *Journal* que le possible récit de la guerre : or, de guerre, il n'y a pas ou presque pas autour de lui, donc le *Journal* ne vaut rien. Il le constate froidement : l'auteur se tient entre les lignes de l'imaginaire, le soldat, lui, n'est pas sur la ligne Maginot, où, peut-être, les choses bougent. Plus tard, il s'en agacera, parlera de se faire verser dans l'infanterie. Il est pourtant un autre moyen de sauver le *Journal* : s'en prendre à soi d'une manière inédite qui, le jour venu, fera de son carnet un objet qui vaudra par ce que lui-même vaudra, guerre ou pas. Il choisit ce moyen : « Me traiter — non par intérêt pour moi, mais parce que je suis mon objet immédiat — successivement et simultanément par les diverses méthodes les plus récentes d'investigation : psychanalyse, psychologie phénoménologique, sociologie marxiste ou marxisante, afin de voir ce qu'on peut tirer concrètement de ces méthodes. » L'intention en apparence est claire : ce ne sera pas lui qui sera mis à l'épreuve, mais les méthodes, toutes les méthodes. Ce qui est certain, c'est l'objet Sartre ; douteuse, la science qui voudrait en rendre compte. Voilà pour l'habillage : il se prétend hors jeu et ne se prête à l'expérience que faute de mieux. La nullité scientifique de ce protocole, où il est à la fois l'observateur et l'observé, le savant et l'objet, est sans doute peu de chose. Admettons sa logique. Il faut comprendre le monde, on a réduit par la guerre son monde à lui-même, il fera avec.

Le « gnome de Vélasquez » s'invente un nouveau théodolite avec lequel il pousse jusqu'au ciel.

C'était mettre en place une mécanique qui s'emballerait. Il le pressent peut-être quand il écrit : « Il a fallu la guerre pour m'inciter à dresser un portrait de moi-même en pied. Une fois lancé dans cette entreprise je m'y acharne par esprit de système, goût de la totalité, je m'y donne tout entier par manie. Je veux faire un portrait aussi complet que possible comme j'ai voulu étant petit avoir toute la collection des *Buffalo Bill* et des *Nick Carter*, comme j'ai voulu un peu plus tard tout savoir sur Stendhal, etc. Il y a certainement chez moi un manque de mesure : indifférence ou acharnement maniaque, c'est l'un ou l'autre. » L'un ou l'autre... de ces deux opposés, encore qu'un terme commun puisse les rendre tous les deux plausibles, si l'on considère que ce terme, c'est la chose inerte, morte, sur quoi on peut aussi bien s'acharner que passer son chemin avec indifférence. Sartre, collectionneur dans l'âme, de femmes, de théories et de livres, faute de gibier guerrier, s'épingle comme un papillon dans des pages sans fard. Sur une île déserte, l'affamé de mots décide de se dévorer lui-même : cela lui fera bien des pages, tout ce cadavre à ronger. Il se mettra en fiches, notules, rédigera les étiquettes savantes attachées à chaque os du grand squelette qu'il prépare avec sa plume. L'occasion est trop belle, elle invente aussitôt sa méthode. Pour se connaître à fond et sans égards, il suffit de faire comme si on était mort. Un modèle bouge ; à la faculté se font les meilleurs portraits, qu'on appelle des dissections. Il n'est pas mauvais même que le patient décède sur la table d'opération. Il l'écrit à Simone de Beauvoir qui, semble-t-il, a parlé un peu vite des carnets comme d'un « recensement ». C'est encore trop en dire : ce sont les vivants qu'on recense. Il corrige doucement : « Est-ce que je me recense tout simplement ou est-ce que je n'espère pas me dégager de cette personnalité durcie et un peu morte en même temps que la paix ? » Il se donnera en pâture à ses carnets, pour la cause, mais il n'arrachera de lui que les peaux mortes. Cet autoportrait était une autopsie.

Les héros de ses romans lui offraient des miroirs déformants : le Roquentin de *La nausée,* plus encore le Mathieu du roman en cours sont évidemment lui. Et tout aussi évidemment, ils ne sont pas lui. Dans un carnet perce une pointe d'inquiétude qui l'éloigne du jeu trop convenu des doubles littéraires. « Pourquoi Mathieu et Roquentin qui sont moi sont sinistres : c'est moi, mais à qui l'on aurait arraché le principe vivant. J'ai ôté à mes personnages ma passion maniaque d'écrire, mon orgueil, ma foi en mon destin, mon optimisme métaphysique et j'ai provoqué en eux de ce fait un pullulement sinistre. » Il inventait que Mathieu et Roquentin, privés de « principe vivant », subissaient un « pullulement sinistre ». L'image étonne et semble bâtie à l'envers. On tiendrait plutôt pour fossilisés les héros d'un livre : une fois écrits, ils sont comme la pierre, tandis que l'auteur bien vivant en effet « pullule » et ne tient pas en place. Les heures d'écriture ne suffisent pas à le fixer, il lui faut rechercher ailleurs l'entrain éprouvé dans les pages ; il s'adonne alors à des passions aussi violentes que leur objet apparaît dérisoire. Il se met à disputer contre d'autres soldats jusqu'à onze parties d'échecs par jour, lui qui n'y avait jamais joué auparavant. Il s'excuse par avance auprès du Castor, qu'il sait être sans complaisance pour ses engouements subits. « J'ai été pris pour les échecs d'une de ces passions sèches et maniaques qui me saisissent parfois et que vous haïssez. » Il rêve à présent de rencontrer le champion du régiment sur lequel le Castor ironise lorsque Sartre, ravi, lui apprend avoir gagné une partie : si c'est un vrai champion vous ne pouvez pas l'avoir battu, écrit-elle. Une autre fois, il apprend l'usage de la machine à écrire et aussitôt il exagère : il tape d'abord certaines de ses lettres, puis des parties du roman et, quand il n'a rien de précis à dactylographier, il entreprend des courses de vitesse avec un soldat, minutant ses performances pour les comparer à celles de la trop poussive plume. Sa vie militaire, au demeurant peu désœuvrée, n'explique pas tout de ses étranges engouements. Quelques années avant déjà, le Castor avait raillé sa découverte du yo-yo : « Il s'y exerçait du matin jusqu'au soir avec un sombre acharnement », se rappelait-elle, encore agacée — et par quoi, sinon par le spectacle d'un Sartre aussi appliqué à imprimer un mouvement juste à son hochet qu'il pouvait l'être quelques heures plus tôt à suivre impatiemment le fil de ses idées sur une page ? À travers ces objets si variés d'usage et d'importance, yo-yo, damier, clavier de machine à écrire ou stylo, c'est bien le même homme que nous voyons s'emporter — le portrait est noble quand il écrit sur la page, ailleurs il semble trivial, mais toujours il frappe par sa ressemblance avec le modèle. Passion sèche et maniaque pour les échecs, passion maniaque d'écrire, l'écrivain qui emploie les mêmes mots pour nommer ses crises ne se trouble pas un instant des doubles grotesques qu'il fait voisiner en lui. Il se reconnaît sans peine dans cet homme qui se saisit brutalement de tout, êtres, choses, concepts, et qui ne lâche son objet qu'après l'avoir porté jusqu'à son point d'épuisement. L'écriture s'use sans doute moins vite que le yo-yo, voilà tout, et la résistance des pages lui a fourni l'heureuse occasion d'une passion idéale et sans fin.

Il « pullulait » aussi dans l'espace de cette guerre, entre Paris et Brumath, Morsbronn où la division a déménagé, mais c'est plus loin encore que son écriture se répand. Tout de lui circulait sans contrainte ni retenue : les lettres écrites à l'une en lui demandant, pour éviter les redites, de les faire lire à l'autre ; le roman tapé à Paris par la sœur du Castor et largement distribué — d'ailleurs, il s'étonne auprès du Castor que cette sœur si serviable trouve son roman « sinistre » alors qu'il en redouterait plutôt la « fadeur » ; les carnets au fur et à mesure de leur écriture qui passent de Wanda à Bianca et à Bost, puis retour. Son corps réel n'est pas moins partagé : sans cesse divisé, découpé, ce n'est plus un homme, c'est du Temps. Les heures pour écrire, celles pour lire, les sondages et les corvées militaires. Il décrète en urgence des journées de correspondance pour rattraper son retard. Il reçoit, mais seulement sur rendez-vous, des soldats qui se prennent soudain pour ses disciples. Il place devant lui la fameuse pancarte que lui a confectionnée son camarade

Pieter bien au fait, sinon de ce qu'écrire veut dire, au moins des manières de l'écrivain : « On peut me faire chier », qu'il suffit de retourner pour lire : « Défense de me faire chier. » Il procède avec son corps à la multiplication des pains et à de continuelles opérations d'arithmétique : les activités s'additionnent, les temps morts se soustraient. Il se découpe en pages, et sentiments. Il tire des traites sur lui-même, promet et ne tient pas toujours. Sa permission, sans cesse remise par les autorités militaires, est au moins trois fois vendue avant d'exister : au Castor, à sa mère et à Wanda, à qui il en dissimule la vraie durée (dix jours), pour pouvoir mieux rogner sa part (trois jours, qu'il lui fait croire être sur cinq). Bianca ne saura rien, elle continuera de lui écrire au front quand il est déjà à Paris : réalisant enfin son rêve d'ubiquité, Sartre a laissé derrière lui une provision de lettres que les « acolytes » posteront au fur et à mesure à tous ceux qui doivent ignorer qu'il se trouve à Paris.

C'est peut-être l'origine d'une première déception liée aux carnets : on ne peut pas tout y dire. Il bute au chapitre des « relations avec autrui », autant dire avec les femmes, puisque sur lui-même, ses camarades d'enfance et d'adolescence, il ne s'est pas censuré. Lui qui se disait « public, transparent » et se voulait qui plus est « complice des femmes contre les hommes », il prend pour elles des précautions inédites. Il « arrange » un passage « car Wanda voudra avoir les carnets », arrête tout le thème des amours « avant l'histoire d'Olga ». Les carnets ne peuvent alors tenir toutes leurs promesses.

Ses lettres lui apportent une identique déception. Le Castor doit en antidater certaines avant de les faire lire à Bianca, et lui en dissimuler d'autres. Œuvres complètes, ou morceaux choisis, il ne parvient pas à tenir jusqu'au bout son vœu d'écrire sans retenue, comme si voulant s'adresser à tous il pouvait croire ne s'adresser à personne en particulier.

Le « principe vivant » que Sartre avait ôté à Mathieu et à Roquentin, c'était donc l'écriture. Mathieu, malgré un métier intellectuel, professeur de philosophie, n'a pas l'idée d'écrire, et Roquentin, après s'être essayé sans grande conviction à une biographie historique, y renonce. Étranges jumeaux qui tous deux, faute de manier la plume, jouent ensuite à se percer la main avec un couteau — Mathieu, pour impressionner une jeune femme, Roquentin par pure curiosité. Ainsi, Sartre marque le renoncement à l'écriture dans le corps de ses personnages, et l'écriture ne pouvait se voir assigner une origine unique : comment écrit-on ? avec la main, les yeux, l'esprit ?

L'écriture requalifiée « principe vivant », c'est montrer peu de mémoire : « passion maniaque », « air effondré », ses premières expressions étaient plus vraies. Il faut renverser l'image pour la comprendre : il serait sinistre d'exister à la manière de

Mathieu ou de Roquentin, ces fantômes que n'habite aucune page. Le « pullulement sinistre » de ses personnages est celui d'une vie qui n'a pas su trouver l'issue des mots. Ce qui est inexprimé demeure à l'état de nature. À l'intérieur de quelqu'un qui n'écrit pas, à la place des mots sages et domestiqués, on rencontre tout un grouillement continu d'images et de syllabes indistinctes. Les seuls mouvements de ces créatures sont les pulsations de leur pouls ; ils ne connaissent que des tressautements d'organes, un ressac intime d'intestins et de foie se produit à l'intérieur de ces machines absolument vides, et pourtant pensantes, et cependant vivantes. Tout vaut mieux que les nausées de Roquentin, ou que le malaise de Mathieu, qui ne sait que faire de lui-même : se battre en Espagne, quitter sa compagne, devenir communiste ? Où se fuir, où même se diriger, quand la route des pages est coupée ? « L'Existence est un plein que l'homme ne peut quitter », précisait Sartre en publiant les cinq nouvelles qui composent *Le mur* : « Cinq petites déroutes [...]. Toutes ces fuites sont arrêtées par un mur ; fuir l'Existence, c'est encore exister. » Le tour de force de l'écriture, c'est qu'elle soustrait l'écrivain à l'existence ordinaire ; sur sa page, le temps d'une mort jouée, il s'occupe non plus d'exister mais de dire ce qu'exister signifie. Par ces repoussoirs romanesques, Sartre, plume en main, jouait à se faire peur en imaginant soudain l'inimaginable : une vie où il n'aurait pas écrit.

6

Dire

Il s'attaquait à belles dents dans les carnets pour que tout passe par le filtre de la page qui retenait les impuretés : ses rêves d'enfant, ses folies de jeune homme, ses visions de l'œuvre et du génie. Il prenait parfois quelques précautions : ce corps était encore chaud, il n'était jamais loin de la lassitude à fouiller ainsi dans son âme : « Je commence à me dégoûter à force d'écrire sur moi [...] je vais sauf imprévu négliger quelque temps mon carnet, il sent l'organe. » Il faisait des journées à cinquante, quatre-vingts pages de carnets. Il trouve à son style une odeur lourde qui lui rappelle « l'haleine chargée d'un malade », tandis, note-t-il, que « les bonnes phrases de Gide n'ont pas d'odeur ». Il est toujours « écœuré » après avoir beaucoup écrit et il se relit peu. Une fois, il reprend plusieurs carnets à la suite, puis les parties déjà achevées du roman, mais il est déçu par sa lecture, qui ne lui donne pas le plaisir attendu, au contraire. Il parle alors d'abandonner les carnets, puis il renonce, les poursuit. Au début des carnets, il était plein d'entrain : l'écriture le libérera, à tout le moins elle constatera les changements qui s'opéreront en lui. Sa vision a changé après qu'il a accumulé tant de pages et dépensé tant d'heures. Les mots écrits ont leur poids et leurs insuffisances propres. Ils existent par eux-mêmes et font, à leur manière, son portrait. Ils disent trop ou pas assez, parlent à tort ou à travers, comme une vulgaire Colette sur sa banquette du café de Flore. Il ne connaît pourtant pas d'autres remèdes que la course en avant : écrire, pour que tout reprenne sa place. Mais à se fuir il se retrouve encore et l'écriture s'alourdit de nouveaux malentendus.

Il écrit pour dire et signifier. Il ne rencontre l'incertitude ni sur la page, ni à l'intérieur de lui-même : « salle d'opération, hygiénique, sans ombres, sans recoins, sans microbes, sous une lumière froide », habitué à « pourchasser la pénombre », en lui, aussi loin qu'il s'en souvienne il a vécu ainsi, sous le regard des autres et sous le sien, sans fixer à ses impressions une autre destination que leur expression immédiate — sa manière de les vivre revient à les dire aussitôt. Il lui arrivait à l'occasion de considérer avec un peu d'étonnement ces « inlassables projecteurs » qu'il construisait, et alors, parfois, comme on fait relâche de soi pour se rêver autre, il évoquait l'image inattendue d'un autre homme, « qui eût été beau, hésitant, obscur, lent et probe dans ses pensées [...] avec des idées incertaines [...] des grandes colères obscures » défaillant de « grandes tendresses sans cause », qu'il imaginait ouvrier et vagabond dans l'Est américain, sous les traits de l'acteur de cinéma Gary Cooper. Le carnet l'effraie. « Il est certain que ce portrait de moi commencé au hasard est devenu trop systématique en dépit de moi-même. » Le portrait entrepris avec toute l'énergie et l'obstination dont il est capable pour faire rendre gorge à un objet, fût-il lui-même, devenait trop vrai — il ne pouvait le récuser, mais non plus s'y reconnaître. Il bute partout sur lui. À chaque page, c'est son cadavre qu'il enjambe : « Ce carnet me dégoûte comme des effusions d'ivrogne. Je ne le jetterai pas cependant, parce que j'ai une âme de collectionneur, ça fait beaucoup de pages écrites. » Un jour où il est question d'une réorganisation militaire qui ferait reculer les sondeurs, il s'interroge sur les conséquences, littéraires, d'un tel changement : « Peut-être, à l'arrière, faudra-t-il mettre un point final à cette "mise en question" et recommencer à construire : finir mon roman — écrire une philosophie du Néant. »

L'objet Sartre perdait de son innocence. Il inquiétait l'homme et fatiguait l'écrivain. Écrire sur soi ne le libérait pas de lui-même, les carnets menaçaient de finir en impasse.

7

Taire

Écrire à l'occasion dévoile un deuil. On ne sait pas toujours de quoi la page écrite nous a rapproché ; on distingue souvent mieux de quoi elle nous a éloigné. Poursuivre, c'est alors prendre le deuil comme il vient, pour lui donner une fin heureuse, la postérité qu'il mérite et qui était si peu préméditée.

Ce jour-là du mois de mars, il est de bonne humeur. Le carnet accueille des considérations sur le jeu et sur son propre refus du sérieux ; il se sent léger, ce n'est pas lui, se félicite-t-il, qui subirait cette « consistance du réel qui en fait quelque chose comme un flan aux poires ». Il se réjouit aussi d'une lettre reçue d'Adrienne Monnier, la libraire de la rue de l'Odéon qui a mis sa photographie, parmi celles d'autres écrivains, dans sa boutique. Elle aime, dit-elle, sa signature qu'elle trouve changée, avec un aspect désormais « aérien », « sous l'influence de la météo », pense-t-elle avec amusement. « J'ai eu la faiblesse d'en être ému. J'y voyais un signe de ces changements que je m'efforce d'obtenir en moi, un signe et une promesse. » Son humeur varie d'un coup, un nuage apparaît et dès la phrase suivante éclate un surprenant coup de tonnerre : « J'enrage de n'être pas poète, d'être si lourdement rivé à la prose. Je voudrais pouvoir créer des objets étincelants et absurdes... Je ne sais ce qu'il faudrait, ou plutôt je ne le sais que trop : il faudrait me taire. » Ainsi, lorsqu'il a trop écrit, fait trop de phrases, il porte au cœur le deuil singulier du silence. Les vrais poètes n'ont pas besoin de se taire, les beaux vers sont troués de silence. On a même vu Rimbaud préférer le mutisme aux faux-semblants du versificateur, Verlaine troquer ses poèmes contre un verre d'absinthe. Les mots les aimaient pourtant, ils se laissaient faire, fascinés par un regard de poète qui semblait ne pas les voir. Au méritant Sartre qui les courtisait, ils refusaient leur magie.

Wanda un jour lui propose une solution radicale, qu'il consigne sur son carnet : « Le résultat, c'est que tu écriras sous peu un merveilleux livre en plusieurs tomes sur l'authenticité. Au fond tu devrais te droguer pour ça. Les seuls écrivains un peu authentiques sont surréalistes, et encore : Rimbaud. » Il ne retrouve pas dans les carnets la fascination qu'exerçait à ses débuts l'activité littéraire quand les livres ne sont pas faits, ni l'auteur non plus. Il se souvient de sa jeunesse, celle des lettres à Toulouse : « À l'époque toute comparaison me semblait une possession. Je mettais des images partout avec une ivresse brutale, j'assommais les choses à grands coups d'image avec une joie barbare. L'invention d'images était au fond une cérémonie morale et sacrée ; c'était l'appropriation de cet absolu, la chose, par cet autre absolu, moi-même. » Et puis, il a changé. Il n'est plus tout à fait cet écrivain de passage qui traverse rapidement un paysage composé de choses paisibles qui attendent seulement d'être vues et nommées. La nostalgie le prend d'une écriture qui ne violentait pas les choses mais s'en laissait pénétrer profondément. « J'ai dit qu'il m'arrivait de considérer ma table et de me répéter : "C'est une table, c'est une table" jusqu'à ce que naisse un timide frisson que je baptisais du nom de joie. De cette tendance [...] est née je crois une manie de mon style qui consiste à multiplier les "il y a". » Il ne rêve plus alors de grandes courses la plume à la main, images en poches, soutes ouvertes pour y coffrer le monde, mais de la chose tout entière présente dans la répétition hagarde de son nom. L'écrivain reste sidéré, l'écriture suspendue ; hébétée, elle semble condamnée à répéter en écho le son du monde. Il faudrait pouvoir par le style retrouver cette stupéfaction initiale, alors l'écriture ne serait plus une possession mais un abandon. Laisser les mots être au plus près des choses ou posséder plutôt par eux le monde, il ne peut satisfaire ensemble ces deux désirs.

Fallait-il qu'il s'en étonne ? Il faisait tout à rebours. Il prenait les mots à pleines mains, il les soulevait par quintaux comme de la fonte, on eût dit ses haltères de gymnaste à la palestre. Il regardait dessus, dessous, autour, mais les mots gardaient leur mystère. Alors, puisqu'il n'y avait rien en eux de caché, rien qu'il pût y voir en plus de ce qu'ils étaient, dégoûté d'eux et de lui, il les faisait avancer au pas de ses phrases dans de longues chevauchées sans fin comme s'il cherchait en les épuisant à s'approcher du moment où leur faisant rendre leur dernier souffle, il entendrait enfin éclore leur plus beau silence. D'autres fois, il lui semble que tout ce qu'il touche de la plume tombe en poussière : « Tout ce que je sens, avant même de le sentir je sais que je le sens. Et je ne le sens plus alors qu'à moitié, tout occupé à le définir et le penser. Mes plus grandes passions ne sont que des mouvements de nerfs. Le reste du temps je sens à la hâte et puis je développe en mots, je presse un peu par ici, je force un peu par là et voilà construite une sensation exemplaire, bonne à insérer dans un livre relié. »

Le Castor, lisant ce passage dans ses carnets, lui demanda ce qu'était pour lui un sentiment. Elle le prenait trop au pied de la lettre. Il corrigea l'impression fâcheuse qu'il avait produite comme il le pouvait, par lettre encore : « Mon amour, si vous pouviez savoir comme je vous ai aimée ces deux jours-ci, vous ne me demanderiez plus qu'est-ce qu'un sentiment dans ma tête, et vous renonceriez pour toujours à m'appeler sépulcre blanchi », lui écrit-il au retour de sa permission. L'auteur reprenait la plume pour défendre l'homme. Pour dissiper les malentendus nés de l'écriture, il ajoutait, au cas où, un paragraphe de plus.

8

Musiques

Il connaissait de vraies fatigues de l'intelligence, cette bête qui en lui toujours nommait. Il faisait alors relâche, pour que le monde tout autour retrouve son épaisseur de mystère. C'étaient des exercices d'abrutissement, où il s'imposait une gymnastique à l'envers. Il ne soulevait plus le monde mais voulait se laisser tomber dedans, comme on se noie : « Atonie heureuse, plaisirs d'idiot : je fais les mots croisés de *Marianne* avec conscience, je trouve *Le Canard enchaîné* drôle. Tous les objets qui m'entourent me fascinent et me fixent, je plonge dedans. » Mais il ne pouvait se perdre assez dans une bêtise précaire, puisque feinte. Il avait d'autres manières alors de s'oublier pour pouvoir se retrouver soudain par surprise, espérant par là prouver qu'il s'était tout de même un peu perdu. Au départ pour sa permission de la mi-février, il note : « Vers 10 h 30, le pick-up diffuse *Ta main dans ma main*, de Charles Trenet. Je me revois avec Bost et le Castor dans un quartier populaire de Marseille, par une belle nuit d'août, essayant de me rappeler l'air de cette chanson. Une émotion violente et brusque, sans rapport avec ma morosité réfléchie de l'instant précédent, me mouille les yeux. J'écrase mes larmes en feignant d'essuyer mes lunettes [...] tous ces biens auxquels je pensais comme à des morts hier encore m'ont paru merveilleusement et illusoirement accessibles pendant un instant. » Plus loin, il dit ses vraies peurs, celle d'être pris au dépourvu « par le son du saxophone » ou celui de la « petite trompette ». Un jour, à déjeuner, il redoute de les entendre, se rassure. C'était une fausse alerte : la radio dans la pièce d'à côté diffuse en vérité une chanson qu'il n'aime pas, donc il ne souffrira pas. Une autre fois, cela se passe moins bien : il a été pris par le « poétique », sauf que ce n'est pas du « beau » mais du commun qui le saisit et l'accable : « Ça n'a pas raté », un slow et le voici mélancolique, comme puni en personne par la musique lente qui a frappé son oreille. Il n'est pas dupe de cette poésie sommaire qui dissimule une vraie souffrance. Un jour de mars, la TSF programme la « basse musique » qui l'émeut et il se souvient d'un soir avec le Castor, à Montmartre, où ils avaient un peu bu et pensait : « Moi aussi j'écrivais autrefois des choses qui pouvaient émouvoir », propos qu'il accompagne de ce commentaire accolé et entre parenthèses : « Pourquoi "autrefois", on se demande... » et pourquoi « autrefois » en effet, puisque sans doute c'était « jamais » qu'il aurait dû écrire. La pauvre trompette qui vrille son cœur lui rappelle que les mots ne sont pas tout, qu'il existe un monde d'émotions où sa prose ne parvient pas. Il parle alors des « terres promises » qu'il est capable d'indiquer avec la plume, et où d'autres iront, mais lui pas. La musique qui lui parvient, dans les cafés, et encore au foyer du soldat, quand il entend un air de jazz à travers un rideau, ressemble à celle que font entendre les chœurs invisibles de l'Opéra lorsqu'ils se mettent à chanter derrière la scène, une musique lointaine et esseulée qui mieux qu'une autre dévoile la vacuité du monde où il faut vivre. Roquentin vibrait ainsi au son des chansons tristes : « Et à ce moment précis, de l'autre côté de l'existence dans cet autre monde qu'on peut voir de loin, mais sans jamais l'approcher, une petite mélodie s'est mise à danser, à chanter : "C'est comme moi qu'il faut être ; il faut souffrir en mesure." La voix chante : "*Some of these days you'll miss me honey.*" »

9

Souvenirs

Il descendait ce jour-là de mars 1940, le douze, par un raccourci boueux, pour porter ses lettres à la poste. La terre à ses pieds était noire, jonchée de débris de plantes, « et les souvenirs sont là ». Les souvenirs nous rappellent qu'on ne se défait pas de soi, parce qu'on ne le peut, parce qu'on ne le veut. « D'abord, je ne sais pourquoi, une promenade que je fis avec Olga sur les 4 heures du matin, en juin, dans la rue Eau-de-Robec, cette nuit-là nous ne nous sommes pas couchés. » Aussitôt après, il rapporte un second souvenir, lié au Castor : trois lignes sèches et plates. « Ensuite un chemin d'Arcachon, tapissé d'aiguilles de pin, où nous marchions, le Castor et moi, entourés d'un silence poitrinaire ; ça sentait la mer, le sable chaud et la résine. » En une phrase, il était retourné à Rouen, dans une nuit, en apparence sans date, de juin, vers les 4 heures du matin, rue Eau-de-Robec. Nos souvenirs sont datés au petit bonheur, ils inventent leur calendrier. C'était un nom étrange, fait d'eau et de bec, un nom composite comme l'est le souvenir lui-même ; ou encore c'était un visage, celui d'Olga ; ou une phrase, « cette nuit-là nous ne nous sommes pas couchés », dite en sept mots où peut-être tout est dit bien que raconter cette nuit lui prenne un peu plus loin plusieurs pages. « Je me rappelais tout » : ils se promènent le long du fleuve, voient les cafés fermer, un autre abriter une fête interdite ; ils chuchotent dans des rues noires, s'attablent à la seule brasserie de la ville ouverte la nuit, où l'orchestre sur l'estrade remballe ses instruments ; Olga est malade et le lui dit : « Je viens de vomir, j'ai tant de sympathie pour vous ce soir que je ne peux pas vous le cacher » ; ils repartent, regardent longuement des chaussures qui sont comme mortes dans la vitrine d'une boutique ; l'aube se lève, ils vont à la gare et sur un banc jouent au poker d'as. « Le matin verra une catastrophe, haine, brouille, et je ne sais quoi. » On ne se souvient pas de ce qui n'est pas le souvenir, et parfois on aurait honte de se souvenir de tout ce qu'on a oublié.

Les souvenirs ont l'apparence des rappels : des bars et des moments à Rouen, un chemin à Arcachon tapissé d'aiguilles de pin, mais ils sont bien plus que des faits qu'une page détaillera. Les vrais souvenirs ont des noms qui nous rendent tout d'eux sans qu'on ait besoin de les revivre. La nuit avec Olga est celle où « nous ne nous sommes pas couchés », voilà tout, on ne peut ensuite que parler d'autre chose, de mémoire peut-être, qui ne nous rendra rien. Le chemin d'Arcachon ne possède pas cette sorte de magie, il faut pour l'évoquer le dire en entier, et en somme le refaire avec ses pieds d'aujourd'hui : vous vous souvenez de ce chemin d'Arcachon, tapissé d'aiguilles de pin, où nous marchions, vous et moi, nous étions entourés d'un silence poitrinaire ; vous savez, quand ça sentait la mer, le sable chaud et la résine. Les vrais souvenirs ressemblent à des titres de livres qu'il serait impossible et d'ailleurs fort inutile d'écrire. Cela ne se démontre pas, mais se rêve ou se vit, et aujourd'hui y est toujours trop tard et de trop. Les autres sont des rédactions appliquées où on retrouvera des adultes trop conscients de ce qu'ils faisaient alors pour avoir su l'oublier depuis. Il faudrait arrêter les souvenirs avant qu'ils ne deviennent des mots, comme le faisait Roquentin. Se souvenant du Maroc, il veut en rester à l'image simple, qui ne dit rien d'autre qu'elle-même, « une place charmante de Meknès ». « Tout à coup je m'arrête : j'ai senti une usure. J'ai vu pointer un mot sous la trame des sensations. Ce mot-là je devine qu'il va bientôt prendre la place de plusieurs images que j'aime. Aussitôt je m'arrête, je pense vite à autre chose ; je ne veux pas fatiguer mes souvenirs. »

Mais nos souvenirs vrais ne sont pas des hasards incertains puisqu'ils nomment encore notre mort présente. Il avait trente ou trente-deux ans, Olga onze de moins, dix-neuf ou vingt ans, dans cette nuit de Rouen. Il en a au moins deux de plus à présent, mais il revient encore à Olga dans les carnets, cette fois pour la penser tout entière : « Je fus au plus bas au moment de ma folie et de ma passion pour Olga : deux ans. La folie recula les limites du vraisemblable. J'ai compris que tout pouvait m'arriver. J'entrai dans un monde plus noir mais moins fade. Quant à Olga, ma passion pour elle brûla mes impuretés routinières comme une flamme de bec Bunsen [...] le vertige de cette conscience nue et instantanée qui semblait seulement sentir avec violence et pureté. Je l'ai mise si haut alors que pour la première fois de ma vie je me suis senti humble et désarmé devant quelqu'un et que j'ai désiré apprendre. L'art semblait bien vain en face de cette pensée cruelle, violente et nue. » Ou un portrait singulier d'Olga, composé entre la rue Eau-de-Robec du souvenir et recomposé par la pensée qui fait manier le bec Bunsen à la jeune femme, dont il dit plus loin : « C'est de là que vient cette attraction magique qu'exercent sur moi les femmes obscures et noyées. » L'eau des noyées ou bien celle qui se lit sur les plaques de rue, leur bec... souvenir et science usent des mêmes mots, poursuivent un rêve identique : être autre et aussi soi dans le souvenir, se perdre et se retrouver dans la femme aimée, brûler, sombrer...

Il arrive que le souvenir ne nous laisse plus que le nom où il s'est imprimé sans plus rien derrière. On le cite alors sans savoir ce que l'on dit, comme on a vécu sans savoir ce que l'on faisait. En 1936, à Naples, Sartre adresse à Olga une lettre de plus de trente pages. Dans ses descriptions de la ville, il cite au passage une rue de Rouen, une seule, à titre de comparaison avec le quartier espagnol de Naples et ses *bassi.* Un nom mis là comme un autre, pour se faire comprendre d'elle, sans l'accompagner d'aucun « Te souvient-il ? » : la rue Eau-de-Robec. Le Castor, éditrice des lettres à cinquante ans de distance, juge nécessaire d'éclairer par une note de bas de page ce nom isolé, à la consonance si française, qui a surgi dans la lettre d'Italie. Mais ce nom ne lui rappelle à elle aucune nuit magique où elle ne se serait pas couchée, et elle précise seulement : « Une rue misérable de Rouen. » Ainsi finissent nos souvenirs : ils meurent avec nous, car ils sont nous, et plus encore ils meurent deux fois puisqu'on se souviendra peut-être encore de nous, mais plus du tout d'eux.

Il recherchait dans le souvenir ce que l'écriture ne pouvait lui donner : la phrase poétique qui frôle l'indicible et où tout est dit pourtant. Il en va autrement des vastes périodes de sa prose : il ne peut y garder intacte la note fragile qui tintait à son oreille, il lui faut jouer tout l'opéra pour se faire entendre. Il écrirait donc à grosses pages, il s'enfoncerait dans des livres larges comme des symphonies, sans jamais oublier le son triste des petites musiques courtes qui sont tout et rien, et toujours plus qu'elles-mêmes.

10

Intimité

Au cœur de la crise sentimentale qu'il traverse en février avec Wanda, il s'interroge dans une lettre au Castor : « Quel être suis-je donc à travers mes carnets pour avoir si violemment choqué les sœurs Kosakiewicz ? » Il doutait soudain des effets que produisaient ses exercices de sincérité ou de gratuité. Ainsi, dans un hebdomadaire socialiste, *La Lumière*, quand un critique littéraire salue la « tranquille impudeur » de ses romans, il s'insurge au point de faire se succéder dans un style empreint d'oralité deux jugements qui se télescopent en négation et dénégation successives : « Mon impudeur n'a rien de tranquille. D'ailleurs ce n'est même pas de l'impudeur. » Dans ses carnets, où il dit tout de lui, il proteste : « Si ces notes ne parlent que de moi, elles n'ont pourtant rien d'intime [...] je ne connais personne de si public que moi. » Il a été surpris de l'accueil fait à *La nausée* et au *Mur* et de leur parfum de scandale. Il a feint d'y voir une affaire de convenances : certaines choses se vivent et se savent, seulement il ne siérait pas de les dire ? L'auteur se défend d'user de gros mots pour le plaisir de choquer. L'expression lui apparaît innocente, le mot est toujours moins sale que la chose, et la chose dite moins répugnante qu'une chose restée innommée. Ce sont les hommes, pas les livres qu'on fait sur eux, qui sont coupables. Par nature, il n'y a rien à taire pour un écrivain, sinon ce que la langue échoue à dire. L'intimité, dont on fait d'ordinaire si grand cas, n'est à ses yeux rien d'autre que la limite du langage, un pur solde qu'il ne détesterait pas réduire au minimum : « Il n'y a guère que mes sensations et le goût de mon corps qui me soient intimité parce que ce sont des incommunicables. »

Les carnets tournaient mal. Ils produisaient un effet de portrait bien étrange, peignant un vivant qui était un surprenant trépassé. « Ce que j'écris [...] ce sont des enregistrements et en écrivant j'ai l'impression — fallacieuse — de laisser derrière moi ce que j'écris. C'est donc essentiellement une mise au net. » Il met au net ce qu'il n'est plus, ou plutôt il écrit ce qu'il est pour ne plus l'être, comme on passe une plaie à l'alcool pour qu'elle cicatrise plus vite. Traquant en lui-même de vieilles lubies sur l'œuvre, le génie, l'immortalité, sa morale de jeune homme du salut par l'art, il croit que ses croyances enfouies, ramenées à la vive lumière de la page, s'évanouiront. Les carnets sont lui, mais comme il était. Par l'écriture, on pourrait se nommer et se perdre, laisser sombrer dans le silence sa vie passée en l'accompagnant du chant des mots. Ainsi, tel Roquentin qui écrivait dans son journal : « C'est curieux : je viens de remplir dix pages et je n'ai pas dit la vérité », de loin en loin Sartre précise que dans un passage du carnet qu'il vient de relire il n'a pas été sincère, il a fait du « merveilleux », ou bien il s'est forcé. Le vrai moi est toujours ailleurs, il ne faut pas le chercher dans la phrase finie, mais dans celle qui n'est encore écrite nulle part. Il se prête en vérité la qualité de rémanence des étoiles : tandis que les lecteurs contemplent les feux que l'astre a jetés vers eux, il est déjà devenu un autre. Ce qui est vrai, c'est ce qui n'est pas encore : l'avenir, qui, plus tard, tout à l'heure, corrigera le présent. Seulement, quand il écrit beaucoup, le miracle cesse : l'organe revient sous ses yeux ; pire, à s'être nettoyé par les phrases, il s'est décapé. Il voit encore à travers les mots trop usés le vieux fond de son être. Il n'est pas, comme les lecteurs, abusé par les mots. « Quand on les lit, le sens est derrière, c'est de l'observation réelle et ils font tout plein [...] quand on les écrit ils ont l'air de rognures, on a l'impression de les racler sur le sentiment comme un résidu de chair sur un os... » Le soldat Sartre est alors loin des étoiles. De corvée de mots, plus douloureuse à expédier que celle des patates. Raclés, rognés, ils tombent en petites catastrophes et débris sur la page, et ils mêlent dans leurs épluchures ce qu'il est à ce qu'ils disent.

« Après la guerre je ne tiendrai plus ce carnet ou si je le tiens je n'y parlerai plus de moi. Je ne veux pas être hanté par moi-même jusqu'à la fin de mes jours. » Il prenait des résolutions d'écolier : ne plus parler de soi en public. Par-dessous, passait une peur plus insolite : être hanté par soi, poursuivi par le fantôme qu'il avait innocemment créé pour s'en débarrasser aux premières lueurs de l'aube. Fin février, alors que la crise avec Wanda se poursuit, il écrit au Castor : « Jamais je ne me suis senti aussi mal à l'aise depuis que j'ai été fou... » Tous les Sartre exhumés résistaient : ni l'enfant ranimé, ni le jeune normalien, puis l'auteur des débuts, aucun de ses masques successifs ne voulait retourner dans la tombe. Il avait voulu s'en défaire sur la page pour mieux réaliser le rêve d'une aube à Saverne : la conscience nue, disponible à tout, désencombrée, à commencer de soi. Mais les oripeaux, les vieilles hardes dont il avait accoutré ses moi précédents, voilà que ceux-ci les tendaient à l'auteur. Le vivant se gardait de toucher ces créatures flétries. Il sautait sur sa plume, comme on enfourche sa monture et, évitant de se relire, il poursuivait les carnets, leur course folle, sans plus se retourner, accroissant encore le mal, ajoutant peut-être une figure de plus à la cohorte de ses suiveurs. Les carnets sont une tombe où il découvre que gigote un vivant — il les poursuit, et que faire d'autre ?

On l'a connu mal en point en 1935. Il a alors fait l'expérience de la mescaline, escomptant que la drogue enrichirait sa réflexion théorique sur les images mentales. Piqué à Sainte-Anne par son ancien condisciple Lagache, sa réaction a été violente, il s'est cru un temps fou et poursuivi par des crustacés. Pourtant guéri, en 1939, il voyait à présent des mots, les siens, à la place des crabes, qui grouillaient.

De janvier à mai, il met au propre son roman. Il ne touchera plus aux carnets.

11

Futurs

Finissons là cet autoportrait. La guerre, en commençant, l'a interrompu. Le 10 mai, il fait au Castor une longue théorie de leur langage romanesque à tous les deux, niant user d'un « parler Montparnasse » qu'un journaliste leur attribue. À la fin de sa lettre, il signale l'invasion de la Belgique par les Allemands. La débâcle est en cours, les carnets cette fois sont bien abandonnés, la plupart sont perdus (dix sur quinze), le prisonnier en Allemagne débute, qui ne pensera plus à eux.

Tout est rentré dans l'ordre. Il écrivait un roman, sur la Liberté après avoir hésité avec la Grandeur. Le premier tome s'appellerait *L'âge de raison.* Le deuxième tome, commencé sous le titre *Septembre*, donnerait *Le sursis*, qu'il achèverait à Paris en 1944. Ils seraient publiés à la fin de la guerre, les deux tomes à la fois, comme il l'avait souhaité quand il les écrivait. « Ainsi on verra mieux où je veux en venir », disait-il dans une lettre au Castor par un curieux raisonnement où il semblait prêter au lecteur qui commence un livre toute la science de l'écrivain qui a fini le sien. Le jour dit, il accompagnerait la parution des deux volumes de l'annonce du troisième, qui irait jusqu'à la Libération de Paris. Toujours aspiré par l'avenir, son prière d'insérer appellerait sur ses personnages la clarté indulgente du futur : « Je demande qu'on ne juge pas mes personnages sur ces deux premiers volumes [...]. Beaucoup de mes créatures, même celles qui paraissent présentement les plus lâches, feront preuve plus tard d'héroïsme et c'est bien un roman de héros que je veux écrire. » Il demandait au lecteur d'accorder à ses personnages le crédit qu'il sollicitait déjà pour lui-même dans les carnets. Un peu de patience et, dès la page d'après, au chapitre suivant, il serait meilleur, pour de bon défait de ses peaux mortes. Il ne se contenterait donc jamais ni du passé, ni du présent, de tout ce qui, à peine terminé, semble si figé, comme mort, et trop maigre sans doute pour qu'on en juge. Il veillerait toujours à corriger l'insuffisance des débuts ; il voudrait refaire sa copie pour y laisser entendre le beau tintement des suites promises ; ajouter de nouveaux actes à une instruction toujours en cours. Le saint n'en finissait pas de réchauffer la petite bête malade entre ses mains, il la sauverait, on la verrait toute vivante encore, et plus vraie, dans le livre à venir.

Ce nouveau coup double atteindrait son but, l'effet en serait considérable, dépasserait toutes les prévisions : en septembre 1945, la France rendue depuis quatre mois à la paix découvrait dans un miroir romanesque ce qui l'avait conduite à la guerre.

« Spinoza plus Stendhal », donne-t-il comme programme à Simone de Beauvoir lorsqu'il la rencontre et qu'il n'a encore rien publié.

C'était fait ou en cours. Il n'y aurait plus qu'à poursuivre ce mouvement pour avoir Sartre tout entier, jusqu'au dernier livre. La philosophie esquissée dans les carnets aboutirait à *L'être et le néant* dès 1943. Ses lectures de Flaubert l'auraient assez agacé quand il était téléphoniste à l'état-major et jugeait *L'Éducation sentimentale* « bête » et « mal écrite », pour qu'on puisse sans trop forcer le trait y voir s'annoncer le futur *Flaubert*. Une première pièce écrite au stalag pour le Noël des prisonniers l'inciterait à poursuivre le théâtre ; après son retour en France, il écrirait *Les mouches* en 1943 et *Huis clos* en 1944.

Écrire, c'est souvent tenir une promesse — mais faite à qui ? Au Castor, à lui-même ou encore à sa mère, qui, un soir qu'il bondissait sur son lit, lui serra fortement les épaules et lui dit en souriant : « Mon petit bonhomme écrira. » Voilà qui n'est dit nulle part. Et puis écrire quoi ? Des romans ? de la philosophie ? les deux ?

Poursuivons un instant notre récit de guerre.

En mars 1940, il confie dans une lettre : « Au fond j'enrage de connaître mes limites, qui sont le théâtre et la poésie. » Il ajoute avoir perdu tout espoir pour la poésie mais en garder un peu pour le théâtre, ce que la suite montrerait. C'était une manière comme une autre de ne pas se résoudre aux insuffisances de l'écriture. Il aérerait cette malade ; il la transporterait ailleurs pour voir si elle se porterait mieux, reprenant des couleurs et lui donnant là-bas les émotions qu'elle lui refusait ici dans les romans, la philosophie ou les carnets, dont il ne parlait plus.

Pour la bonne cause, nous oublierons des désarrois, ceux que nous avons dits et d'autres aussi, comme celui qui le prend à la fin de son roman, en janvier. Il ne sait quoi commencer de nouveau, « des fantaisies, les histoires de l'oncle Jules », qu'il arrête au bout de quelques pages (il se sent une « Walkyrie déchue », lui qui vise le grand en littérature), une pièce de théâtre, un *Prométhée*, qu'il suspend, dégoûté (trop lourd, trop symbolique). Il appelle ces tentatives des « expériences de laisser-aller », où sans doute il s'applique encore à se perdre, sans plus de succès qu'à l'ordinaire. Il reprend son roman sagement puisqu'un deuxième tome, c'est quand même du nouveau. Il critique son premier volume, « pas assez existentiel », bien qu'il ne fût pas question de ne pas le publier : il y pensait sous forme de feuilleton à la *NRF* en juillet et en août 1940, et se réjouit tout de même du « gros volume que ça sera ».

Puis, après avoir corrigé le roman, il remonte dans sa chambrée et s'allonge sur son lit. Il ne trouve pas le sommeil. Un désir d'écrire, « écrire pour rien », le taraude. Il redécouvre en lui-même une « liberté-pour-écrire » qu'aucun texte singulier ne peut épuiser, et qu'il ne saurait traiter autrement que par l'accumulation des écrits et des genres. Une tromperie gît dans l'écriture, que la chose écrite, et plus encore finie, lui révèle : on ne peut pas écrire « n'importe quoi » comme il l'annonçait fièrement à Toulouse, pas plus qu'on ne peut écrire « en général ». On écrit toujours quelque chose. Dans ces traces écrites, il peine à reconnaître les preuves certaines qu'existe cet animal fabuleux des légendes, l'Écriture.

Il veut écrire, « seulement écrire », et, sa page finie, il a écrit ceci ou cela. La modestie du « seulement » masque la folle ambition du propos : écrire tout court, faire droit à l'absolu de ce verbe qui ne supporte aucun complément. Écrire comme on respire, sans se soucier de dire « de l'air », comme on vit sans avoir pour se faire comprendre à ajouter « une vie ». Mais cela ne se peut : cherchant à se mirer parfaitement dans le Verbe, il devrait au bout du compte se contenter de trop pâles reflets pris dans le miroir brisé des phrases.

Alors, il recommence ses courses. Elles semblent contredire l'auteur, qui note avec satisfaction avoir enfin écrit ce qui lui trottait dans la tête depuis un an et demi, la dernière phrase du roman, où Mathieu dit : « Voilà, j'ai l'âge de raison. » Et l'âge de raison, en effet, c'est l'âge où il faut au moins accepter les conséquences de ses actes. Accepter qu'il ne pût écrire sans que cela fît des phrases, de pauvres phrases, qui en disent toujours trop ou pas assez.

Cédons-lui le vrai mot de la fin, le portrait par lui-même, de sa guerre, tel qu'il le récrit en 1953 après avoir relu les carnets. « Je faisais une guerre à mon image : bourgeois, j'avais choisi mon arme par recommandation ; pacifiste, je l'avais prise pacifique ; antimilitariste, je l'avais voulu faire comme simple soldat (antimilitariste parce qu'intellectuel) ; inapte à la vie physique (borgne), je la faisais dans l'auxiliaire. Âgé de trente-quatre ans, je la faisais avec des réservistes, c'est-à-dire des hommes mariés et pères de famille. D'autre part la drôle de guerre réfléchissait notre volonté profonde de ne pas nous battre puisque Hitler n'attaquait pas pour laisser pourrir cette guerre, connaissant nos sentiments [...]. Le résultat fut que j'écrivis d'abord sur la guerre et finalement sur moi. Elle devint une *retraite.* »

On laissera le lecteur décider combien cet autoportrait est ressemblant. Ce n'est pas une tâche facile ; elle eût pu être tout à fait impossible. On crut un moment tous les carnets perdus. Il ne nous serait resté de sa guerre que ce qu'il nous en aurait dit, et qu'on aurait rapporté, ainsi que les légendes murmurées à l'oreille des enfants sages : une douce retraite, un gentil moine scribe, l'auteur en devenir.

La disparition totale des carnets pendant la débâcle eût-elle été funeste ? Le Castor le croyait, qui s'en désolait. Et lui de répondre : « Vous n'imaginez pas de quelle gaieté de cœur j'envisage leur perte. » Ainsi le pécheur incapable d'abstinence entrevoyait-il une absolution inespérée ; le sort aurait fait sortir la bonne séquence et, perdant les carnets, réalisé enfin le rêve impossible du joueur de Saverne.

COMMENCER

Les mots

1

En avril 1964, un petit livre arrivait en librairie. L'auteur, put-on lire dans la presse, faisait son retour à la littérature, la vraie. Il arrêtait un moment ses courses à travers tous les genres, essais, critique, théâtre, philosophie. Il renonçait à mettre sa plume au service de causes, dont la dernière, l'indépendance de l'Algérie, avait dépassé en violence toutes les précédentes : deux fois on avait plastiqué l'appartement de sa mère, rue Bonaparte, où, après la guerre et la mort de son beau-père, il s'était installé avec elle. De ses fenêtres, on voyait le café des Deux Magots, qui était avec le Flore un des joyaux du petit royaume de Saint-Germain-des-Prés qu'on lui attribuait depuis des années, souvent contre son gré : un bout de boulevard parisien, une place qui, avec son église ancienne, semblait jouer en pleine capitale à être la place d'un vrai village, c'était bien peu pour cet auteur qui avait fait son œuvre aux dimensions de plus vastes univers. Il y passerait quinze ans, puis, après les attentats, il s'installerait, seul, dans un studio du boulevard Raspail. Un écrivain peut penser dynamiter le monde avec ses mots — et même, pour écrire, il doit un peu le croire. Il ne s'en était pas privé depuis vingt ans : pour, avec, et puis contre le Parti communiste français ou l'Union soviétique ; adversaire résolu du gaullisme à l'intérieur, de l'Amérique et du fait colonial à l'extérieur, il était devenu une figure internationale, partout synonyme de liberté et de révolte — on n'avait plus vu cela depuis la Révolution française — et, progrès oblige, un jour en Chine avec Mao, un autre à Cuba avec Castro, le lendemain à Moscou pour rencontrer Khrouchtchev, et toujours avec le Castor : cet homme de ruptures avait ses fidélités, elle et puis tous les livres qu'il n'avait cessé de faire. Mais on n'avait jamais encore vu que des lecteurs, plutôt qu'aux mots d'un auteur, s'en prissent à ses murs.

Il était temps de retrouver des usages mieux policés avec ce trouble-fête accusé de tous les maux : d'avoir à l'après-guerre désespéré une jeunesse qu'il aurait jetée avec l'existentialisme dans les caves de Saint-Germain, puis de l'en avoir fait sortir pour l'enrôler toute fraîche encore dans la contestation, et à présent de vouloir arracher au sein de leur mère patrie des enfants d'outre-Méditerranée. Des journaux l'insultaient. Le gouvernement préparait un procès contre ses amis signataires du manifeste des 121. On défila un jour sur les Champs-Élysées pour conserver l'Algérie à la

France. La manifestation fut violente : on jurerait plus tard y avoir entendu, parti de petites foules, bien net, son nom accompagné de cette sombre apostille : « À mort ! » Puis vinrent les bombes, qui disaient crûment ce qu'on pensait de lui.

Le petit livre arrivait à point. Il se consacrerait désormais à la phrase des classiques. En retour, on le lirait dans les écoles. Ayant tué cent chevaux sous lui et fait taire son ton d'imprécateur, il écrivait enfin court et net, en un mot il faisait du style. Le plus grand auteur français contemporain et le plus connu dans le monde entier rentrait au bercail : la tombe pouvait suivre, on enterrerait un homme réconcilié. Il avait juste à temps troqué l'Histoire en cours contre l'Éternité qui n'attend pas.

Un si petit livre, cela étonnait de sa part. Ce n'était pas dans ses habitudes, plus amples. Le sujet rassura : l'enfance. Il est bien venu de finir en abordant les commencements, il faut être devenu un sage pour parler de cette folie douce qu'est l'enfance. Touchant au port, l'homme mûr met ses affaires en ordre, règle ses dettes et rédige des hommages. On se félicitait qu'il suive enfin les usages communs. Il ne restait plus qu'à ouvrir le livre et le lire. Le ton surprit, voire choqua. On attendait le récit poli d'une enfance élue, il s'y découvrirait comme dans les entrailles d'un agneau sacrificiel tous les signes de l'œuvre future... Las ! C'était peine perdue ! L'enfant était un comédien, un histrion, d'ailleurs il ne lisait ni n'écrivait vraiment : il faisait semblant. Peu importait qu'il eût dirigé sa colère sur lui-même plutôt que sur les saloperies de l'époque, cela déplut. Une fois de plus, il n'avait pas joué le jeu. Il avait raconté ailleurs comment il avait un jour pissé sur la tombe de Chateaubriand. Il recommençait, cette fois sur le petit tumulus de l'enfant promis au génie. Il était incorrigible, ou, pour reprendre le dernier mot de sa pièce *Les mains sales,* « irrécupérable ».

À soixante ans, il regardait l'enfant et disait : ce n'est pas moi. Ce criminel donnait son alibi : l'enfance qu'on lui avait faite. Les malentendus continuaient. Il parlait de son livre comme d'un adieu à la littérature, quand on célébrait leurs retrouvailles. Il faut croire qu'il savait ce qu'il disait : à peine revenu parmi les hommes pour lâcher sa brève bordée, il regrimpait aussitôt dans son *Flaubert* au long cours, commencé des années auparavant. Sur le chemin qu'il se frayait avec peine dans son gros livre consacré à un autre écrivain, quelques broussailles dégagées et liées ensemble lui avaient fait un petit texte sur un grand sujet, l'enfance d'un génie.

Le livre s'appelait *Les mots* et son auteur Jean-Paul Sartre.

2

« Le génie est un pari stupide. » Il évoquait un peintre de Venise, le Tintoret, qui peignit vite, beaucoup et longtemps, au point d'indisposer ses contemporains. On parle toujours de soi à travers les autres, il aimait l'exercice pour l'avoir découvert, pendant la guerre, avec Guillaume II. Il le pratiqua ensuite sur Baudelaire, Mallarmé, le Tintoret, et puis Flaubert. Parler d'une vie, de toute une vie, lui restituer sa vérité dans ce qui la fait et la défait pour comprendre un homme, tout un homme. Ambitieux pari en effet où il feignait de ne voir qu'une « question de méthode ». Il n'était pas mécontent des résultats, cela semblait si simple : « Débroussailler l'entrée encombrée de ragots » de la vie du Tintoret, se promener chez Flaubert puisque, à l'entendre dès l'introduction, « On entre dans la vie d'un mort comme dans un moulin ». Aller et venir dans Baudelaire n'était pas plus difficile : les morts n'ont plus toute leur tête depuis qu'ils ont, avec la vie, perdu le sens de la chronologie.

Il ne se résignait pas pour sa part à des pertes aussi définitives. Elles eussent écourté son œuvre en la limitant au présent. Il aimait découvrir ce que d'autres s'évertuent à dissimuler. « Le moyen de cacher un homme ? » demandait-il au début de son hommage à Paul Nizan en 1961 : c'était encore s'informer sur les mauvaises manières des hommes entre eux.

Il n'hésita pas à s'en prendre à un vivant. Alors qu'on lui demandait une préface, il écrivit six cents pages d'une traite : *Saint Genet, comédien et martyr.* Il lui restait encore à s'appliquer sa méthode : à son tour, il déterrerait les trésors enfouis de sa propre vie. Dans le vivant encombrant qu'il était devenu, il laisserait enfin passer un peu de l'enfant qu'il avait été.

Il le ferait, mais avec parcimonie. À peine un bout du cadavre : l'enfant de deux à douze ans environ, la chronologie du livre varierait et resterait de son propre aveu difficile à établir. L'enfance : « Ce ne sera pas un mauvais départ », disait-il gaiement, en ouvrant le premier chapitre de son *Flaubert* pour s'élancer. Mais, la ligne franchie, une fois entré dans le *Flaubert*, il n'en sortirait plus. Il laisserait le livre inachevé, « en suspens », un mot que l'auteur appliquait déjà à ses rêves d'enfant qui ne voulait pas dormir.

Il le rapporte dans *Les mots*. Le soir, couché dans son lit, il se raconte des histoires :

« Je marchais sur un toit en flammes, portant

dans mes bras une femme évanouie ; au-dessous de moi, la foule criait : il était manifeste que l'immeuble allait crouler. À cet instant je prononçais les mots fatidiques : "La suite au prochain numéro."

— Qu'est-ce que tu dis ? demandait ma mère [ils dormaient dans la même chambre, sur des lits jumeaux].

« Je répondais prudemment :

— Je me laisse en suspens. »

L'enfant avait eu la manie des programmes. L'adulte continuerait qui annonçait des suites. Dans sa préface à l'édition des *Mots* pour l'Union soviétique, il écrivait : « Mon livre s'arrête aux environs de 1915, mais d'autres suivront qui retraceront ma vie entière. » Le livre s'interrompait plutôt vers 1916 ou 1917 et n'irait pas plus loin. Son coup de main à la postérité ne soulèverait jamais qu'un léger corps d'enfant.

3

« Rien dans les mains, rien dans les poches », écrivait-il prestement à la fin des *Mots.*

Il était temps : encore deux phrases et le livre serait terminé. Rien dans les mains... L'auteur au bout de son texte tirait l'échelle ; il s'escamotait, et avec lui l'œuvre publique entamée vingt-cinq ans plus tôt, volumineuse à emplir plusieurs malles. Il n'en démordait pas : l'œuvre faite est une illusion, de celles qu'on éprouve parfois en promenade dans Venise. On croit voir, on est ébloui, mais c'est du rêve, une chimie des lointains. À ce compte, l'œuvre ne pèse rien sur les épaules de l'écrivain. Les livres sont des songes de lecteur, des manies d'éditeur. Rien dans les poches...

Informé de ce décret de légèreté, le lecteur pouvait se reporter à la fin du petit volume à l'endroit où était gravée la liste des productions du même auteur. Sur plus de trente lignes, on comptait quatre volumes de romans, un recueil de nouvelles, dix pièces de théâtre, plusieurs gros ouvrages de philosophie, de nombreux essais, quelques scénarios de cinéma, et des séries de *Situations*. À défaut de cette curiosité, il n'aurait eu qu'à se fier à ses souvenirs. Depuis vingt ans, Sartre occupait le devant de la scène. Il était partout.

« Moi, vingt-cinq tomes, dix-huit mille pages de texte », c'était un rêve d'enfant raconté dans le livre, qui faisait étrangement songer à l'auteur vivant qui écrivait le livre. Pourtant, il ne se reconnaissait pas dans ce miroir. Au contraire, il eût voulu être Rimbaud, le poète aux semelles de vent et aux poches percées qui envoya tout balader, mit ses cahiers au feu et la littérature avec. Ce n'était pas une lubie d'homme mûr, plutôt un rêve prolongé. Dans ses carnets de la drôle de guerre, il écrivait rageusement : « Vis-à-vis de Gauguin, Van Gogh et Rimbaud, j'ai un net complexe d'infériorité parce qu'ils ont su se perdre », et il disait loucher du côté de ces vies brèves et violentes. Comme Rimbaud, soit, mais comment être, même un peu, Rimbaud quand toute sa vie on a été tenu par le démon d'écrire ? « Rimbaud a cassé la tirelire », écrivait-il encore des années après. Il avait de son côté, faute de mieux, continué d'ajouter des pièces au-dedans.

L'écrivain l'avait donc emporté sur tout le reste. Il avait dû, au lieu des sandales du poète, chausser des semelles de plomb, ses livres. Stupéfait, il regardait en arrière et ne voyait pas Eurydice s'évanouir. En littérature il y a peu entre faire et défaire. On pense soustraire, on cherche à gommer, biffer et, sans le savoir toujours, on ajoute. Seul un écrivain dans l'âme pouvait croire tout solder par un livre de plus. Peut-être fallait-il lire ainsi cette phrase bizarre du début : « Il n'y a pas de bon père, c'est la règle ; qu'on n'en tienne pas grief aux hommes mais au lien de paternité, qui est pourri. Faire des enfants, rien de mieux ; en *avoir* quelle iniquité ! » Dans ce livre étrange, où l'enfant n'a pas de père, qu'écrit un auteur qui n'a pas d'enfant, la charge était sonnée. Il connaissait pour seule filiation sa bibliographie, et il n'aimait pas ce qui la composait : le livre publié, ce cadavre qui se range tout roide dans les bibliothèques. Et voilà que toutes ces feuilles mortes, on les lui attribuait, on pensait par elles le connaître ! Il n'aurait plus écrit comme à la dernière page de *La nausée* : « Un livre. Naturellement, ça ne serait d'abord qu'un travail ennuyeux et fatigant, ça ne m'empêcherait pas d'exister ni de sentir que j'existe. Mais il viendrait bien un moment où le livre serait écrit, serait derrière moi et je pense qu'un peu de sa clarté tomberait sur mon passé. » Lui dont on fouillait la vie jusqu'à s'introduire chez sa mère pour y voler des photos de son enfance, qui avait connu à cause de ou malgré ses livres le même genre de « notoriété irritante » qu'il prêtait à Baudelaire, il ne pouvait plus penser que les livres publiés éclairent quiconque. Le livre en cours, celui qui allait paraître, pourrait seul, peut-être, dissiper ces vilaines brumes. Ce serait un livre sur l'enfance, et tant pis si cela faisait un malentendu de plus, parce qu'au bout du compte la seule chose possible était faire des livres et non décider ce qu'il advient d'eux.

Ils ont su se perdre... La langue trahissait sa pensée. Si Rimbaud avait « su » se perdre, il ne se serait jamais perdu. S'ils s'étaient bel et bien perdus, corps et âme, les Rimbaud, les Gauguin, les Van Gogh, c'est qu'ils ne savaient plus ce qu'ils faisaient. Et si on se souvient d'eux, c'est qu'ils ne se sont perdus qu'après s'être assez trouvés, dans le rythme soudain pris par un vers ou la lumière à jamais captée d'un tableau. La vraie folie, celle qui tue et brise les membres de ceux dont elle prend possession jusqu'à les déposséder d'eux-mêmes, c'est sans doute l'absence d'œuvre, le défaut de toute raison : il l'eût redoutée, comme chacun. Sa folie à lui tenait à l'omniprésence de l'œuvre et à l'excès des raisonnements qui lui servaient à tout comprendre et tout dire. Il aurait voulu qu'on puisse pousser devant soi des livres transparents et sans aucune ombre pour prétendre ensuite s'en couvrir la tête comme de cendres encore fumantes. Il se montrerait encore, mais pour mieux se dissimuler — dans une première version des *Mots*, il avait écrit en forme d'avertissement au lecteur cette phrase, qui sera ensuite supprimée : « Je suis resté tel. Public et inaccessible. »

4

Quand il entreprend d'écrire ce livre sur son enfance, il a les idées claires, en apparence. Ce sera son adieu à la littérature, celle qu'il a rêvée à huit ans, celle qu'il a écrite à trente, lorsqu'il a fait ses romans, celle qu'il a cessé d'écrire à quarante ans passés. Depuis 1949 et la publication du tome III des *Chemins de la liberté, La mort dans l'âme*, il n'a plus publié de littérature, mais des essais, de la philosophie, du théâtre, et des textes politiques. Étranges adieux : ils ont les traits d'un retour. Prendre la plume pour dire pourquoi et comment on l'a lâchée, voilà bien une manière d'auteur. L'écrivain reprenait la plume, mais pour mieux se taire. Faut-il s'en étonner ? On ne quitte vraiment que ce qu'on a possédé, et qu'on serait libre de poursuivre. Par le plus littéraire de ses livres, consacré à ses commencements, Sartre montrait qu'il pouvait sans amertume en finir pour de bon avec la littérature.

Un chirurgien célèbre s'opère dans ces pages d'une tumeur bénigne. Il constate le résultat : rien n'a proliféré. L'enfant a disparu sans descendance. On peut visiter ce lieu désert, le monument funéraire des débuts d'une vie. Sartre écrit *Les mots* sans peine. Il compulse sa chair comme un grimoire et retrouve dans une couche profonde et enfouie un fossile intact et glacé : l'enfance. Ses carnets de guerre avaient été une première expérience, où il avait piétiné. Ils étaient à l'image de la guerre que la France n'avait pas su mener, faute de la vouloir. *Les mots* seront un Blitzkrieg. Ils ont aussi beaucoup d'une biographie en trompe l'œil. Ils se gardent bien de tout dire, des dates sont fausses, la chronologie et les lieux sont savamment mêlés ainsi que les voix de l'auteur qui écrit avec celle de l'enfant qui rêve écrire. Des épisodes sont transformés pour mieux ridiculiser l'enfant, tandis que d'autres, plus douloureux peut-être, sont tus. On pense à ces numéros où l'artiste fait mine de manipuler un tiroir secret pour élucider son mécanisme, pendant que de l'autre main il signifie à un compère de gagner la coulisse. Certain de son métier, il les agitait toutes deux sous notre nez, et comprenne qui pourra entre l'aveu et son contraire : « On se défait d'une névrose, on ne guérit pas de soi », prévient-il, à la fin du livre, quand à peine une page plus haut il était « un homme qui s'éveille, guéri d'une longue, amère et douce folie ». Et qu'importe la contradiction des adjectifs entre eux puisque suit cette affirmation qui semble tout démentir : « J'écris toujours. Je fais, je ferai des livres. » Peut-on mieux dire, et d'ailleurs que peut-on dire tout court, lorsqu'on se « demande parfois si » on ne joue pas « à qui perd gagne » pour que « tout [me] soit rendu au centuple » ? À quoi peuvent bien servir les livres : à se défaire de soi, s'accepter, se subir ? Ou bien le mal est-il plus profond encore ? Peut-être existe-t-il un mal des mots comme il est des mals de mer, de longues et vagues nausées où roulent des phrases ? La guerre éclair se perdait soudain dans de plus vastes paysages. Une plaine en révélait une autre, chaque massif recelait un lourd secret, sous des bouquets d'arbres se dissimulaient d'autres lui-même.

Le portrait ressemblant de Jean-Paul Sartre existe sans doute et même après *Les mots*, il reste à faire. Au moins avait-il retiré du texte définitif l'étrange sentence qui figurait dans les premières versions : « Il n'y a jamais de commencement. » Le lecteur eût-il alors mieux compris ce que l'auteur cherchait à lui dire au moment où il croyait de bonne foi ouvrir un livre sur les débuts d'un écrivain ?

5

Ça commençait tout de même, à Meudon, dans une jusque-là tranquille maison familiale où un couple vieillissait en paix. Anne-Marie, vite veuve d'un polytechnicien de trop courte durée, Jean-Baptiste Sartre, à peine paru que déjà mort, rentrait au bercail. Pieusement, elle reprenait, comme lui à présent dans son livre, le chemin des débuts. Revenant chez ses parents, son fils de deux ans dans les bras, elle sonnait à la porte, frêle jeune femme de vingt-quatre ans qui, pour élever cette enfance, acceptait de retomber dans la sienne. D'une femme mariée et mère les mufles disent qu'elle a pris de l'âge — cinq, dix ans ? D'un coup Anne-Marie en perdait vingt. Pour ne pas rester, toute veuve qu'elle fût, la fille-mère qu'elle semblait être, elle cesserait d'être mère et redeviendrait la petite fille de son père et de sa mère Karl et Louise Schweitzer, « Karlemami ».

Les deux ans de son enfant, le petit Jean-Paul, Poulou, pesaient bien lourd — ils enfonçaient Anne-Marie dans son passé jusqu'au cou —, elle s'y noierait ou presque. Lui, tout auteur qu'il était, ne se risquait guère à présent qu'à en soulever dix, soit à peine huit de mieux qu'elle, dans des pages serrées comme des filets — plus d'années auraient-elles risqué de le faire basculer en arrière sous leur poids ? Car elles pèsent, les enfances ! Sartre le petit commençait ses cavalcades sur le tapis du salon, qui était aussi le cabinet de lecture de son grand-père. Savait-il qu'on ne l'arrêterait plus ? L'enfant qui semblait issu de nulle part entrait dans la magie qui déplace à distance choses et êtres. Un père emporté, une mère revenue, jusqu'à son grand-père qui semblait ressusciter. Retraité, il prit un métier, de notable tranquille de Meudon il se retransporta à Paris, rue Le Goff. Placé d'un coup au centre de tout, le petit Roi-Soleil contemplait autour de lui le monde des adultes tourner à volonté.

Revenu à ce prologue de sa propre existence, l'auteur semblait feuilleter la vie d'un autre. On avait mal regardé. C'était l'enfant qui tournait. Qui plus est, en rond. Tout n'était qu'artifice, faux-semblants, contes à dormir debout. À croire que ce n'était pas sa mère qui était retombée en enfance, ni son grand-père qui avait repris un état, ouvrant pour les nourrir un Institut des langues vivantes, d'enseignement selon la méthode directe, et pas plus lui qui à huit ans rêvait d'écrire et écrirait toute sa vie. Tant de ressemblances avec de vrais destins lui faisaient croire sans doute à quelque hallucination arrangée. *Les mots* jouent avec cette image du passé pour nous la faire croire fausse à force d'être vraie : au faîte de son œuvre un écrivain de soixante ans rappelle l'enfant qui rêvait à huit ans d'être un écrivain de soixante ans, œuvre faite.

6

Dix ans plus tôt, vers 1953, il avait entrepris un livre, qui devait s'appeler *Jean sans Terre*. C'était le projet d'un livre complet, avec l'enfance pour début, ensuite un milieu, après, une belle fin, et, tout le long, un vrai suspens. La même histoire qu'il raconterait plus tard dans *Les mots* y cherchait alors un dénouement heureux : le jeune petit-bourgeois trompé par les siens se sauvait en adulte lucide, c'est-à-dire qu'il devenait communiste. Le vilain petit canard rejoignait à la fin le pays des cygnes blancs. Ce ne serait en rien un récit « individuel », prévenait-il, mais il y ferait au contraire le portrait de toute une génération.

Il ne put aller au bout du conte. La vie entretemps avait défait le roman. Les chars russes entrant dans Budapest en 1956 avaient coupé sa route. Il y aurait bien d'autres rapprochements ensuite avec les communistes mais la légende était brisée. Il chercherait longtemps encore des excuses à l'Union soviétique, c'était dire qu'elle n'avait plus l'innocence des récits enfantins. Il reste quelque chose tout de même de cette Russie imaginaire dans *Les mots*, un lambeau du paradis perdu qu'il a accroché où il le pouvait sur une petite branche du livre : la dédicace, « À madame Z. », son interprète et compagne, russe et juive, de tous les voyages trop réels au pays renoncé des enfants sauvés par les fins. Faute de la belle conclusion qu'il désirait, le projet s'était réduit comme une peau de chagrin ; il vivotait à présent aux marges du livre, dans les chutes que sont la dédicace et les préfaces. Dans celle de l'édition russe, il s'excuserait de l'« enfance bourgeoise », « un songe vide et menteur » qu'il donnait à lire et souhaitait « vivement » que le jugement du lecteur ne lui fût pas trop « défavorable », d'autant que, ajoutait-il, « je viens en Union soviétique presque tous les ans et je crois pouvoir y compter de bons amis ». La grande communion avec tout un peuple avait dû au bout du compte se satisfaire des amitiés singulières de l'auteur — il ne voulait pas que ce rappel de l'enfance vînt les assombrir. Il prenait la précaution d'annoncer, comme à son habitude, qu'il montrerait « plus tard » par quelle voie, malgré un si mauvais départ, il rejoindrait le « camp des exploités et des opprimés ».

Tout de même, quel empressement à se défaire sur ses nouveaux amis du mauvais roman de l'enfance ! Les communistes lui avaient fait une place en 1952. Jusque-là, il était un suspect idéal, un intellectuel aux tendances anarchistes et gauchisantes. La presse soviétique l'insultait, condamnant en bloc l'existentialisme et son maître. L'affaire Henri Martin, puis l'épisode burlesque des pigeons de Jacques Duclos, dont l'arrestation et l'emprisonnement suivent une manifestation du Parti contre la venue à Paris du général Ridgway, fournirent l'occasion de la réconciliation — tant de bêtise policière le fait bondir, il ne se tient plus de rage ; il écrit durant ses vacances romaines un texte fiévreux, « Les communistes et la paix », qui paraît en feuilleton dans *Les Temps modernes*. Sa « haine des bourgeois » y éclate à chaque page, il proclame qu'elle ne finira qu'avec lui. Ils s'étaient rabibochés et, aussitôt après, il se plongeait dans son autobiographie. Il était soudain pressé de raconter toute son histoire à la belle lumière de la fin heureuse projetée par ces retrouvailles. Peut-être sentait-il que cela ne durerait pas ? Pour une fois, il n'écrirait pas assez vite. La rupture aurait lieu avant que la messe nouvelle ne s'achève par sa montée en paradis. Il se retrouvait avec sur les bras un enfant qu'il avait commencé de bonne foi, puisque entre-temps seulement on lui avait volé son dénouement. L'adulte ne finirait pas bien ou alors, comme il aurait vécu, seul. L'écrivain le savait en retravaillant son livre en 1963. Il lui suffisait de se regarder dans un miroir. Le livre prévu, à peine entamé, avait avorté. L'enfant ne serait pas achevé ni sauvé par les belles suites, il resterait tronqué. *Jean sans Terre*, écrit jusqu'au bout, eût-il été, à sa manière, une œuvre aussi folle que *Les mots* ? Il y eût montré une fin prolétaire que n'annonçaient pas des débuts bourgeois et factices. À la place il raconterait un début qui ne menait selon lui nulle part, un enfant en impasse, pour rien.

Si le projet avait changé, le titre aurait pu lui resservir. *Jean sans Terre*, il l'était plus encore puisqu'il avait perdu jusqu'à la perspective d'une heureuse tombe parmi des semblables et des frères. On peut encore lire *Les mots* à cette lumière glacée. Écrire, c'était accepter de ne rien posséder, ni les mots dont on use et qui sont à tout le monde, ni sa vie qu'on expose à tous les vents dans les pages. Roi sans royaume, c'était encore trop. Lui que rien n'exigeait, qui vint en plus et sans père, il prit au hasard une couronne et la porta à sa tête. Il la sentait qui pesait sur son âme. Elle brillait. Serait-il ingénieur, député, avoué ? Il ne lui restait plus qu'à se précipiter devant un miroir pour découvrir ce qu'il avait fait de son avenir. Il courut à son grand-père Schweitzer et regarda dans les yeux du vieillard ce qu'il avait gravé de ses mains sur son front d'enfant. Il lut : écrivain. L'enfant n'était encore que la moitié d'un bon philosophe. Idéaliste jusqu'au bout, il eût décrété d'emblée qu'il était écrivain, de naissance : il ne lui serait plus resté alors qu'à écrire. Mais il avait conjugué au futur : je serai écrivain. Il avait remis l'avenir devant lui, il lui faudrait le rejoindre. La pente se faisait escarpée, le but lointain. C'était dire : je dois devenir écrivain par des livres, beaucoup de livres. Plus le mérite serait grand, mieux serait assurée la récompense. Alors, c'était les rêves où il était injustement méconnu, desservi par le sort, puis réhabilité, mais trop tard. Au bout du compte, le biais que l'enfant avait introduit par naïveté métaphysique entre l'écriture et l'écrivain dévastait tout. Longtemps, il écrivait pour être écrivain ; il découvrait un jour, trop tard, quand il était vieux, qu'il l'avait été, mais il ne l'était jamais au présent. Et peut-être qu'il s'était trompé, pire encore, qu'il n'y avait pas de passage des livres à l'écrivain, ni aucune personne pour venir inspecter le candidat et lui dire : c'est bien, vous êtes reçu. Se pouvait-il que l'adulte n'ait fait autant et de si gros livres que pour rassurer l'enfant qu'il était, et mettre ainsi toutes les chances de son côté ?

Le petit livre aurait pu ne pas exister, il était fils du hasard, et tout autant l'auteur, abandonné ou presque par son père qui avait choisi de mourir peu après l'avoir engendré. La naissance sartrienne tient de l'immaculée conception. Elle n'a pas ce péché originel des enfants, un géniteur qui se prend pour un législateur.

Sartre avait promis un texte à un éditeur anglais. Il était embarrassé pour honorer sa dette : ce petit rien sur l'enfance qu'il avait médité autrefois et qui dormait dans un tiroir pourrait faire l'affaire. Cette chute de l'œuvre, ce préciput publié chez les Anglais (on l'aurait appelé *Words*), quelle différence cela eût-il fait ? L'enfant était devenu un étranger, la langue qu'il parlait lui était aussi inconnue que celle des îles Britanniques. Et puis n'écrit-on pas toujours comme en une langue étrangère ? Le manuscrit racontant un enfant sans père ni futur n'avait même plus d'auteur. Celui-ci méditait son abandon, il ferait adopter cet orphelin par un lord. C'est ainsi qu'il présenta les choses à son éditeur habituel, qui sans doute voulut éviter à Sartre ce nouvel exil, après l'enfance qui est le premier d'entre eux. Le destin d'émigré de cette prose à paraître dans une langue étrangère lui parut trop cruel, peut-être pressentait-il le monument national derrière ce petit rien dont l'entretenait avec nonchalance Sartre. Il exerça son droit de préemption. L'auteur parlait d'inédit, l'éditeur avisé entendait littéralement : ce qu'il n'a jamais dit. Les Anglais avaient pris Napoléon à la France, la frise du Parthénon aux Grecs et, pour finir, les mers à tout le monde, mais ils n'auraient pas *Les mots*. Puisqu'on l'a publié malgré tout, autant le lire.

7

L'enfant avait été seul, il soliloquait donc. « J'avais neuf ans. Fils unique et sans camarade... » Il eût parlé aux pierres si elles avaient voulu de lui. « En ce cas je serais Philoctète, magnifique et puant », jette-t-il à la fin de l'enfance racontée. « Cet infirme a donné jusqu'à son arc sans condition ; mais souterrainement on peut être sûr qu'il attend sa récompense. » Pourquoi pas ? La phrase sonne comme un aveu. Il aurait renoncé à l'éternité promise à l'enfant pour qu'elle soit mieux rendue à l'homme. « Magnifique et puant », le trait vaudrait pour toute la vie. Magnifique sous les yeux des Schweitzer, l'enfant était puant pour qui savait le regarder tel qu'il était, à commencer par l'auteur qui en faisait le récit : une outre gonflée par des rêves d'adultes. Puant parce que odieux et à part, il l'est encore pour les enfants de son âge, qui l'évitent. Il le restera pour ses contemporains, qui lui feront une notoriété aussi nauséabonde que baroque. *Samedi-Soir*, après la guerre, publie le récit d'une jeune femme, vierge semble-t-il, que Sartre aurait attirée dans sa chambre d'hôtel pour lui exhiber... un camembert ! « Je serais Philoctète », écrit Sartre à presque soixante ans, ce qui signifie : je l'aurais été de bout en bout. Mais il suffit de changer le temps du verbe pour revoir l'enfant qui s'exclame au futur : je serai magnifique et puant. Ou, si l'on préfère : puisque vous me traitez en paria, je vous donnerai raison par des œuvres stupéfiantes qui me mettront à l'écart de tous. C'est un serment à rebours qu'invente l'écrivain sous sa plume. Cependant, à forcer sur les mythes, on finit par les dénoncer pour ce qu'ils sont, de très humaines créations plutôt que des légendes soufflées à nos oreilles par les dieux. Mythe de l'enfance exilée d'abord : le petit Sartre ne fut pas seulement ce solitaire qu'il décrit. Cette entorse à la vérité, puisqu'il eut des camarades de jeu, qu'il les charma même, n'est qu'une parmi d'autres. Toutes servent à dessiner le portrait d'un enfant qu'il rejettera d'autant mieux s'il le montre d'abord rejeté par les autres. Mythe tout court enfin quand il feint de voir dans l'histoire de Philoctète celle d'un homme qui aurait donné sans condition pour tout recevoir. C'est, devrait-il préciser, la version moderne de Philoctète écrite par Gide qu'il retient, mais à trop éclairer les auteurs derrière leur histoire, on leur nuirait aux yeux des lecteurs. Et si de même ce n'était pas son enfance telle qu'elle fut qu'il donnait à lire, mais celle qu'il voulait bien raconter ? Philoctète, selon la tradition qui n'a pas d'auteur, pas plus Homère ou Sophocle que Gide, abandonné par les Grecs en route vers Troie, car son pied gangrené les menaçait tous d'une mort pestilentielle, refuse ensuite son arc aux Grecs revenus le supplier de les assister dans leur siège. Magnifique et puant il était, magnifique et puant il voulut rester, répudiant en lui le retour des hommes. Avec Philoctète, on ne traitait pas. N'étant pas écrivain mais archer, il ne savait comment faire commerce de lui-même. Sartre fut moins regardant, et pour une fois moins radical. Il traita. Il faut bien écrire pour quelqu'un.

Pour commencer, il se maltraitait. Le travail ultime de mise au propre du livre a consisté disait-il à « enlever le caractère un peu ironique » qu'il lui avait d'abord donné. Sa première version était bien plus « méchante ». Cela avait pris « trois mois » à corriger, rappelait-il dans un entretien des années soixante-dix. Trois mois, le temps d'une promenade. Trois mois de la vie d'un adulte pour dix ans d'enfance, les comptes étaient vite faits.

Le manuscrit des *Mots* conserve pourtant la trace d'un effort plus grand que ce qu'il en dit. L'écriture du petit livre s'étirait tout de même sur dix ans. Il comptait à la fin mille cent pages. Reprenant la littérature où il l'avait laissée, ses habitudes littéraires lui étaient revenues avec l'occasion : le texte était couvert de ratures ; corrections et brouillons abondaient. Parfois, une page du manuscrit ne comporte qu'un mot ou un groupe de mots et la phrase reprend ailleurs, après ces bizarres césures, comme si l'auteur avait hésité, son trait un instant suspendu. Des paragraphes sont minutieusement barrés et puis abandonnés ou bien reportés, sans changement, mais à un tout autre endroit du manuscrit, sans souci de leur chronologie. L'ordre des faits semblait lui être devenu indifférent. Il s'effaçait au profit d'une mémoire plus vraie, celle qui cherche moins à dater un événement qu'à retrouver en lui ce qui appartient à toujours.

Des traits, le livre n'en manque pas. Pour cet enfant comédien, l'écrivain Sartre réinventait le sort des martyrs qu'on perce de flèches. Il avait enlevé de l'ironie, disait-il, il faut croire qu'il en restait assez tout de même. « Je ne vous croyais pas si atteint », s'exclame un lecteur du manuscrit dont Sartre a incorporé la réaction dans le cours de son texte. Étrange façon par laquelle l'auteur s'adresse aux lecteurs anonymes pour leur dire : ne vous inquiétez pas, je sais ce que je fais. Il force le portrait, appuie les ridicules. À plusieurs reprises, il déforme sciemment son récit. Ainsi l'épisode du cadeau de Mme Picard : cette amie de sa mère, sa plus fervente admiratrice, son « meilleur public », lui apporte un questionnaire. D'abord déçu — il espérait un livre —, il fait vite la chasse « aux réponses au-dessus de [son] âge ». « L'occasion de briller se présenta [la scène se passe durant la grande guerre] : "Quel est votre vœu le plus cher ?" Je répondis sans hésiter : "Être un soldat et venger les morts." Puis, trop excité pour pouvoir continuer, je sautai sur le sol et portai mon œuvre aux grandes personnes. »

La suite est heureuse et plate dans les carnets de guerre où figure l'épisode : « Quand j'eus rédigé mes réponses, chacune s'extasia et je passai de main en main pour recevoir félicitations et baisers. »

Dans *Les mots*, au contraire, il écrit : « Les têtes se relevèrent ensemble : ma mère avait rosi, Mme Picard me rendit le livre : "Tu sais, mon petit ami, ce n'est intéressant que si l'on est sincère." Je crus mourir. »

Le procédé revient à d'autres moments du livre. À l'occasion d'une composition de religion où il n'obtient « que » la médaille d'argent et pour un peu perdrait la foi. Dans les carnets, le fait est rapporté comme un souvenir plus qu'heureux : « Je suis encore tout pénétré d'admiration et de jouissance quand je pense à cette narration et à cette médaille [...] la médaille d'argent qui était d'un beau gris pâle et chatoyant devait se coller sur la première feuille du devoir et le tout constituait un objet superbe et précieux. » Plus loin, la pièce de théâtre sur l'Alsace martyre tourne dans le livre à la déconfiture de l'enfant qui passe pour un jaloux, tandis que cette notation amère est absente des carnets.

Que sont exactement *Les mots* dont l'auteur a pris le soin de ne pas préciser le genre ? Un récit, des Mémoires, un roman ? S'agirait-il alors de mensonges littéraires, de ceux qui servent, selon les écrivains, à faire plus vrai ? Mais peut-être qu'à se souvenir on se trompe forcément. Sartre écrivant au fil de la plume et sans but autobiographique, ailleurs dans ses carnets de guerre, commet une erreur de date. En soi le fait est anodin, sinon que la confusion porte sur l'année du remariage de sa mère, qui est aussi celle de son départ pour La Rochelle, et enfin sera l'année où il arrêtera le récit des *Mots*.

8

Peu de temps avant, en 1960 et 1961, les circonstances lui font multiplier les tombes : un mémorial pour Nizan en préface à *Aden Arabie,* le livre enfin réédité, l'adieu à Merleau-Ponty, celui à Camus. Cette vallée des rois précède la grande pyramide qu'il prépare à son enfance. Voici des pages consacrées à ces morts qui ont été peu ou prou des amis, au moins des compagnons d'avant- et d'après-guerre. « Notre amitié, cette brouille qui n'a pas eu lieu », écrit-il pour introduire Merleau-Ponty. Il se fait plus bref à propos de Camus : c'est que la brouille a eu lieu, cette fois, fameuse et publique, lors de la parution, dix ans plus tôt, de *L'homme révolté.* La mort de Nizan, pendant la guerre, les a dispensés de toute explication. Tous deux mobilisés, ils correspondent de loin en loin, mais le Nizan que tuera une balle allemande est en vérité deux fois inconnu à Sartre : il a très peu fréquenté le Nizan entré au Parti à son retour d'Aden, et encore moins celui qui l'a quitté à l'occasion du pacte germano-soviétique.

Il faut bien écrire sur eux, pourtant, c'est le lot des survivants.

Pour les mettre en terre, il exhume celui qu'il fut. Sa jeunesse à Normale avec Nizan, l'après-guerre et son entrée en politique, brièvement pour Camus, plus longuement pour Merleau, philosophe comme lui, et à ses côtés directeur de la publication des *Temps modernes*.

Dans tous ces textes, il se refuse le beau rôle et le distribue aux autres. C'est peut-être que la meilleure part est d'écrire. Point besoin d'embellir l'auteur, son vrai visage est dans ses pages. Dans la cour de Normale, il ressemble au cousin de province, un peu pataud, en retard d'une idée, à la remorque d'un Nizan, passionné, si élégant d'idées et de vêtement. « Sur mon dos les beaux habits se changeaient en hardes. Je me résignai à contempler Nizan. Avec un ébahissement plein d'admiration. » Plus loin, il fait cette confession sur leur radicalité : « Il ne me vint pas à l'idée que Nizan cherchait, comme on disait alors, à faire son salut et que les "cris écrits" [ceux de Sartre] ne sauvent pas. » Sartre, pour grandir l'ami, se dévalorise : « Ses paroles de haine, c'était de l'or pur ; les miennes, de la fausse monnaie. » À faire pencher la balance en faveur de Nizan, serait-ce qu'il craindrait de lui faire encore trop d'ombre ?

De même, comparé à Merleau-Ponty, le Sartre d'après-guerre est un chien fou : « Il connaissait mon incompétence, il eut peur de mon zèle... » Merleau pèse ses mots et médite chaque prise de position, Sartre s'emporte, par ignorance : « Pour apprendre ce qu'il savait, il me fallut encore un lustre. » Tout son hommage tient sur ce ton étrange. On le dirait occupé à instruire un procès à charge contre lui-même, et à décharge pour eux. Ses amis étaient si brillants (Nizan), si fougueux (Camus) ou si prudents et réfléchis (Merleau) tandis qu'il bat sa coulpe publiquement et semble se repentir. Se repentir ? s'expliquer, au moins. C'est aux vivants qu'il faut demander des comptes, comme si les morts étaient toujours innocents et les vivants coupables. Les vivants sont les auteurs de ce grand crime : le monde, tel qu'il est et demeure.

Cette conviction ne lui était pas venue avec le temps, ainsi qu'une contrition acquise ; chez le jeune homme qui se croyait immortel, sans doute fallait-il quelque préparation à subir la mort des autres. Éternel, Sartre s'excusait par avance d'un sort si particulier. Roquentin disait déjà à propos de personnages lointains : « Ils sont un peu pour moi comme des morts, un peu comme des héros de roman ; ils se sont lavés du péché d'exister... » En 1951, pour la mort de Gide, il prête à ses adversaires tout l'inverse de sa pensée : « Il suffit d'imaginer la joie de quelques augustes momies criant : "Seigneur, merci ; c'est donc lui qui avait tort puisque c'est moi qui survis." » Se croire supérieur aux morts, c'est prendre sur soi tout leur âge puisqu'on prétendrait, en leur survivant, faire mieux qu'eux. Qu'ils continuent plutôt de le dominer du piédestal où il les a hissés, ils ne l'encombreront plus d'aucun héritage. Au contraire, il rajeunit depuis qu'il a décliné toute invitation à les prolonger.

C'est aussi l'avenir qui n'aura plus lieu que Sartre honore. Il leur en attribue d'autorité le plein bénéfice. Ce n'est que stricte justice. La dépouille qu'ils nous laissent est en somme incomplète — pourrait-on, en droit, les juger ? Encore un moment et Camus serait revenu de ses erreurs : « Que va-t-il faire ?... un jour il parlerait. » Tout à l'heure, Merleau aurait trouvé la voie juste entre prudence et engagement, scepticisme et illusion, Nizan se serait réconcilié avec lui-même. Sartre accorde aux morts ce qu'il n'a jamais cessé de réclamer pour lui-même : être jugé tout à l'heure, plus tard, quand il aura refait sa copie, puisque c'est le prochain livre, la future page, qui seront les plus vrais. L'enfant si décrié des *Mots* n'agissait pas différemment quand, s'imaginant méconnu, il retardait le moment de son triomphe. « Je remettais chaque jour l'acquittement au lendemain ; héros toujours futur, je languissais de désir pour une consécration que je repoussais sans cesse. » Ceux qu'on juge par contumace seront toujours des innocents que les autres croient en fuite, alors qu'ils travaillent en secret à se corriger ; sous sa plume, les adultes morts redeviennent de simples enfants renvoyés du banquet des vivants et privés de futur.

Il est ainsi un personnage aimé de droit, absolument et sans réserve, dans *Les mots*. Une disparue deux fois chérie et deux fois innocente, puisque même pas née : cette « *sœur qui n'avait pas eu lieu* » et qu'il dit avoir souvent commis la « grave erreur » de chercher ensuite parmi les femmes de sa vie.

À l'opposé de tout ce qui précède, il se montre impitoyable dans *Les mots* pour celui qu'il fut. Ce petit mort qu'il nous tend, tout mort qu'il nous dit être, n'est aucunement paré des grâces qu'il reconnaît partout ailleurs aux défunts. Le petit Sartre du passé, isolé dans cette galerie de portraits louangeurs, a gâté toutes ses chances, il est demeuré lui-même d'un bout à l'autre de l'enfance. Il reste pour toujours un abominable petit singe savant, séquestré dans les pages d'un livre cruel. « J'étais un faux enfant ! », écrit-il, mais toutes les enfances ne seraient-elles pas fausses pour qui prétendrait y retrouver l'âge des vérités ?

Pourtant, à quoi bon le style, l'ironie de la prose, le récit des déconvenues. Celui qui a humilié cet enfant, c'est encore lui, qui n'est pas devenu l'adulte qui se préparait, ni avoué, ni polytechnicien, ni même professeur honoraire. Il avait pu frémir pendant sa jeunesse à l'évocation des destins trop convenus qui guettaient l'enfant rêvant de génie et de gloire — ainsi quand Nizan, en 1931, publie dans la revue *Bifur* un fragment de *La légende de la vérité* (ouvrage au préalable refusé par les Éditions Europe), il l'accompagne de cette présentation souverainement ironique de son ami encore inconnu du public : « Jeune philosophe. Prépare un ouvrage de philosophie destructrice. » Au moment où il terminait d'écrire *Les mots*, le pire était évité : destructrice ou pas, il avait fait une œuvre. Mais, peut-être que pour avoir beaucoup écrit il savait à présent ce qu'ignoraient l'enfant et le jeune Nizan : que les livres ne détruisent rien et construisent si peu.

Il annonça souvent qu'il écrirait une suite aux *Mots*. Sa mère s'en inquiétait : la suite commençait forcément à son remariage avec le polytechnicien Mancy. Dans ses entretiens de la fin, au magnétophone avec Simone de Beauvoir, il rappelait pourtant ce projet, disait que leurs conversations seraient en quelque sorte cette suite promise aux *Mots*, ou encore que cet « Autoportrait à soixante-dix ans » publié dans *Le Nouvel Observateur* pouvait en tenir lieu. Nous restons avec nos questions. Que sont *Les mots* et cette enfance ranimée dans les pages ? Une impasse, vraiment, un début vite interrompu, ou autre chose ? Dans un des passages les plus drôles du livre, l'enfant raconte comment à la fête annuelle de l'Institut des langues vivantes son grand-père soudain s'exclame : « Il y a quelqu'un qui manque ici, c'est Simonnot » (un collaborateur de l'Institut). Tout change alors aux yeux de l'enfant : la fête est abolie ; le temps, suspendu ; les invités disparaissent ;

« Dans cette salle bondée le vide s'était enfoncé comme un couteau ». L'enfant avait été vivement impressionné : comment ne pas vouloir être de ceux dont l'absence ruinerait tout événement heureux ? Être celui qui manque à tous, que son absence rend plus visible encore...

Peut-être qu'en ne donnant jamais à son livre les suites promises, qu'à refuser de laisser les secrets de l'adulte se refléter dans le miroir d'un livre plus complet, il réussirait à faire venir sur les lèvres du lecteur la même réflexion étonnée : il y a quelqu'un qui manquera toujours dans ces pages, et ce quelqu'un, c'est Sartre.

9

Souvent, dans son livre, tel Dieu descendant sur les hommes, il interrompt le récit fait au passé et parle avec sa voix d'aujourd'hui. Rapportant sa joie d'enfant à confondre le monde avec les articles du *Grand Larousse*, il ajoute : « De là vint cet idéalisme dont j'ai mis trente ans à me défaire. » Quand il raconte l'enfant bafoué dans le monde d'en bas qui se réfugiait dans les hauteurs d'un « sixième étage parisien avec vue sur les toits », il écrit : « Aujourd'hui, 22 avril 1963, je corrige ce manuscrit au dixième étage d'une maison neuve. » Dans les deux cent treize pages du livre, il recourt plus de quarante fois au procédé. Il ne peut se résoudre à laisser son lecteur seul avec l'enfant suborneur : et si ce singe savant continuait de séduire ? Et si, pire encore, il prenait au lecteur de les confondre, d'aller de l'un à l'autre, pour conclure que Sartre, c'est Jean-Paul, Poulou et l'adulte, c'est tout un ? Les lecteurs aiment la simplicité, ils ont tôt fait de croire tout ce qu'on leur dit. Un écrivain leur raconte un enfant qui veut écrire, les voici aussitôt convaincus : « L'enfance décide », mais, l'écrivain veille au bout des paragraphes et rompt l'enchantement.

Plusieurs fois, il écrit « Aujourd'hui » ou « À l'heure où j'écris », une autre fois « L'an dernier », ailleurs « Ce que je viens d'écrire », « il y a quatre ans ». On découvrait alors d'étranges poupées russes où les Sartre multipliés se complétaient et se séparaient : Sartre à douze, vingt, trente, soixante ans. *Les mots* sont une lente digestion de l'enfant par l'adulte.

L'enfance est bâtie comme un port, et en avant sa douane de mer. Il nous faut passer par l'adulte pour entrer et sortir jusqu'au moment où l'auteur signifie la fin de la représentation : « Voilà mon commencement. » À partir de là, Sartre parle seul. L'enfant servait tous les mots, en désordre, l'écrivain s'est réservé le mot de la fin. *Les mots* reproduisent la construction d'un procès inégal, de ceux contre lesquels l'auteur n'aurait pas manqué de s'élever dans la vraie vie. Plus de deux cents pages de réquisitoire laissent enfin une place trop réduite à la plaidoirie de la défense : quelques pages où on ne sait trop si l'avocat plaide coupable et demande l'indulgence, ou s'il parle d'autre chose, de lui, des hommes et des œuvres.

Les livres malgré tout sont merveilleux. On les commence et déjà on ne voit plus qu'eux. L'auteur s'y dissimule sans peine. Il connaît ses phrases comme sa poche, avec elles il retourne le lecteur comme un gant. Revenu sur ses pas, Sartre semblait pénétrer par effraction dans sa propre enfance. Il levait le rideau et les petits acteurs, surpris, reprenaient aussitôt leur numéro, comme s'ils l'avaient joué encore la veille : maman, grand-papa et grand-maman jonglaient dans ces pages emportées. Le Sartre des batailles contemporaines, qui, la veille, donnait une interview sur le fascisme en France, tenait une conférence de presse sur le sort des déserteurs et des insoumis ou contre l'apartheid, tous ces voisins de palier du Sartre écrivant *Les mots* étaient absorbés par l'auteur dans le court procès fait de l'enfance. Il voulait qu'on les oublie, il n'y avait plus qu'eux deux, l'enfant et l'adulte. En vérité, mieux vaudrait lire *Les mots* à l'envers ; lâcher pour cela la main de l'auteur trop bienveillant qui guide le visiteur dans son palais des glaces ; négliger les fausses pistes qui font au bout d'une phrase buter du front contre l'adulte ; aller au hasard, quitte à tomber dans les crevasses du plancher ; rechercher les passages des *Mots* qui finissent en cul-de-sac, ceux où l'auteur se tait.

10

Il y a des trous dans *Les mots*. Le manteau est percé, et si l'on ne voit pas les fesses de l'auteur comme il rêvait de soulever les jupes de Mme Picard, c'est qu'il a serré son ouvrage, plombé les ourlets et doublé les coutures. Laissons passer un peu du jour qui s'infiltre tout de même par endroits.

L'enfant raconté n'a pas d'amies. Les filles manquent aux *Mots*, peut-être parce que les mots lui manquaient pour elles. Dans la vraie vie, celle qu'il a rapportée ailleurs, à défaut de mots, il leur faisait voir des marionnettes. C'était au Luxembourg, où sa mère l'emmenait tous les jours. Poulou a neuf ans. Il s'installe au jardin, défait son attirail, pose le tout sur une chaise et attend. Il avait plusieurs personnages : le Gendarme, la Vieille, Guignol et surtout son préféré, acheté un été au casino de Vichy, au nom étrange et balbutié, Bi-Ba-Bo. C'était la seule marionnette qui, grâce à des têtes amovibles, pouvait jouer plusieurs rôles, un peu comme la langue seule sait dire tous les noms. Il actionnait son théâtre. On eût dit qu'il jouait d'abord pour lui-même. Bi-Ba-Bo, surtout, le « remplissait de stupeur admirative ». On n'en avait jamais fini avec cette marionnette, il suffisait d'en changer la tête pour qu'elle retrouve sa place dans le spectacle. Sur la scène, elle devenait une autre sans avoir besoin de quitter la partie. L'auteur était le premier fasciné par sa féerie, puis une petite fille, parfois plus, s'arrêtait, regardait et restait, charmée. La vie serait simple si prolonger l'enfant jusqu'à l'adulte ne demandait pas plus de peine que de dérouler un tapis. L'auteur prolixe de théâtre serait né ce jour-là, où tout était déjà dit, entre chaise et bassin. Mais justement rien n'est dit. Poulou ne parle pas, il montre. Et quoi ? Pas lui, des marionnettes. Il dira plus tard n'avoir jamais cru à l'« équipement » du génie. Est-ce parce qu'il ne se croit pas génial qu'il lui faut alors tout ce matériel autour de lui, le théâtre et les poupées ? Il voulait captiver par ses inventions, leur prêtant plus de force qu'à lui-même. Qui sait s'il ne cherchait pas d'abord à se plaire, reflété dans le visage attentif et conquis d'une petite fille ? Ne vieillissons pas cet enfant, gardons le tel qu'il est avant de le revêtir des traits de l'adulte. Ce qu'il veut et qu'il montre, c'est séduire, puis attacher. Peu importe le moyen, la béquille de l'instant. L'enfant du théâtre contredisait en lui l'enfant des livres qui s'enivrait d'avance d'être un auteur longtemps ignoré. Au jardin, l'enfant réel préférait une Ève vivante aux lecteurs inconnus. Il n'était donc pas aussi fou qu'il voulut bien l'écrire. Et si personne n'était venu ni resté ? Point de frêles petites filles pour se laisser retenir ? Il aurait au moins appris que lorsqu'on commence à vouloir installer l'autre dans sa vie, on prend le risque, pour lui plaire, de défaire celle-ci. L'enfant réussissait ses tours de théâtre, assez pour briser sa solitude. Pourtant, cette activité était à ce point un à-côté, un hors-d'œuvre qu'il n'en parle nulle part dans *Les mots*. Dans le livre, il n'est question que d'un enfant solitaire qui écrit sur ses « cahiers de romans ». Adulte, il dirait n'avoir jamais renoncé plus d'un jour à son travail pour vivre une histoire avec une femme. L'enfant, plus magnanime, délaissait ses cahiers et concédait tous les jours quelques heures au jardin à ces petites passantes qu'il rêvait de s'attacher. Une venait souvent, elle s'appelait Nicole, et nous n'en saurons rien de plus que ce nom — reporté bien plus tard dans les carnets de guerre pour mieux le taire dans *Les mots* ?

Il y avait une autre petite fille, à Arcachon, au temps des *Mots*, Vévé, à qui il écrivait des poèmes. Il la mentionne dans le livre, mais le souvenir a subi une distorsion. Sa mère, découvrant ses poèmes, décida qu'il répondrait désormais en vers à son grand-père, et non l'inverse, qu'il raconte. L'amusement de l'écolier était repris par le sérieux des choses familiales. Et puis, la petite fille mourut. Était-ce que les mots parviendraient moins bien que les marionnettes à conserver un regard d'enfant ? Une impression d'enfant de Jean-Paul Sartre... On forcerait encore le souvenir, pour une petite scène où l'auteur consacré, répondant dans un grand quotidien du soir à une journaliste parce qu'il viendrait de publier son autobiographie, revenant en arrière, plus de cinquante ans en arrière, constaterait tristement : *La nausée,* mon premier roman, « cela ne pèse rien face à la mort d'un enfant ».

Le mot fut mal compris, une parole d'expert pourtant, pour celui qui jouait à tourner les miroirs contre l'enfance, ce « miroir de mort ».

D'autres souvenirs ne trouveraient pas leur place dans son livre : celui de toutes les « petites fiancées » qu'il dirait à Simone de Beauvoir avoir eues, dans chaque ville où sa famille séjournait ; et de même les récits bien précis de ses jeux enfantins mais pas innocents avec elles ne seraient pas donnés à méditer au lecteur.

L'adulte, à trop solliciter la mémoire, s'emmêlait les pinceaux : « Il y a plus de vingt ans, un soir qu'il traversait la place d'Italie, Giacometti fut renversé par une auto. Blessé, la jambe tordue, dans l'évanouissement lucide où il était tombé, il ressentit d'abord une espèce de joie. "Enfin quelque chose m'arrive. [...] Donc, se disait-il, je n'étais pas fait pour sculpter, pas même pour vivre, je n'étais fait pour rien" », écrit Sartre vers la fin du livre. Giacometti ne connaissait sans doute pas les « évanouissements lucides » que lui prêtait l'auteur, et pas de cette façon la place d'Italie puisque l'incident eut lieu place des Pyramides. Il en pensa moins que ce qu'on lui prêtait : qu'il allait séjourner par force quelque temps à l'hôpital, pour se soigner, quand un instant auparavant, il hésitait à cause d'une femme à partir ou rester à Paris. Ce dilemme lui avait valu, pensif et distrait, d'être renversé par une voiture. Il apprécia peu, une fois à terre, de voir le rouleau compresseur sartrien lui passer ensuite sur toute la vie et tout l'œuvre.

L'anecdote vaut ce qu'elle vaut. Une imprécision dans un livre de bord ne signifiera jamais que Colomb n'a pas découvert l'Amérique ; les contradictions entre survivants n'attestent pas que les camps n'ont pas existé, et pas existé ce que des hommes y ont fait à d'autres hommes. Il n'y a que les esprits dérangés, et intéressés à ce dérangement, pour feindre que les récits des hommes soient imparfaits. Sartre, des années après, s'étonnait encore de cet incident qui avait vu une page de son livre se rebeller ; il en situait l'origine dans le récit qu'avait dû lui faire Giacometti — et pourquoi en effet soupçonner l'auteur dont le génie savait accommoder n'importe quel fait ? C'était moins un malentendu qu'un « mal dit », annotation finalement portée à regret par l'écrivain en marge de la vie du vivant.

Il faut en finir. Avec *Les mots*, on pensait enfin savoir sinon qui il était, du moins par quoi il avait passé. C'était une énigme à l'envers. Lui qui aimait les romans policiers, il dévoilait l'assassin dès les premières pages et seulement ensuite consacrait son livre au récit du crime. Et puis, de quels « mots » parlait-il exactement, pour se fier au moins au titre ?

11

« Vieux sot avec un grand chapeau ! » La petite fille à vélo décrit des cercles de plus en plus serrés, et tout tourne autour de lui ; l'insulte fuse, elle le cingle. Très haut au-dessus des têtes, la cime des arbres du mail entre dans la sarabande, tandis que les rires des enfants cachés, qui l'épiaient donc, frappent ses oreilles. Il n'est ni vieux, ni sot — on n'est pas plus l'un que l'autre à douze ans — et il va tête nue. Est-ce la première fois et, se serait-il juré, la dernière, qu'il est surpris, dépassé, par un mot qui le blesse ? Est-il surpris d'ailleurs ou bien ce mot, « vieux sot », qui est dit pour d'autres mots (ainsi « Tu ne me plais pas, tu ne m'intéresses pas... »), se le serait-il déjà murmuré à lui-même ? Ce chapeau, est-ce la couronne dont il s'est ceint trop tôt et qui pointe au-dessus de sa tête ? N'empêche, le fils chéri d'Anne-Marie, déplacé depuis peu de Paris en Charente, soudain coi, pétrifié par la honte, tombe, victime d'un complot d'enfants. Un mot fascine ; il dénude brutalement la vérité d'un être, il touche d'autant mieux qu'il semble atteindre en chacun un autre impalpable, d'ordinaire absent, qu'il fait apparaître. Un double grotesque se présente au public. Un fantôme qui porte un chapeau quitte soudain les semelles où il était tapi ; l'ombre d'un sot se détache et gambade autour de lui, elle est lui. Un signe a pris toute la place, il est même plus vrai que soi, puisqu'il hante qui on est. Cette scène et ce mot n'entreront pas dans le récit de l'enfance. Il n'aura de cesse de couvrir aux yeux de ses contemporains l'enfant dénudé par surprise. À la place du mot cruel, il fera tout un livre, *Les mots*, qui paraîtra cruel à ceux qui ignorent les vraies blessures d'enfance.

S'il n'a pas écrit ce souvenir, qu'il rapportera cinquante-sept ans plus tard à Simone de Beauvoir, il narre un épisode similaire dans son livre. Le protagoniste est son instituteur, M. Barrault, dont il est le protégé particulier. « Un jour, je découvris une inscription toute fraîche sur le mur de l'école, je m'approchai et lus : "Le père Barrault est un con." Mon cœur battit à se rompre, la stupeur me cloua sur place, j'avais peur. » Pourtant, il dit ignorer à cet âge le sens du mot « con ». « Ça ne pouvait être qu'un de ces "vilains mots" qui grouillaient dans les bas-fonds du vocabulaire et qu'un enfant bien élevé ne rencontre jamais. » Devant un mur blessé, le petit Sartre comprend d'une traite que la langue sert d'abord à dire ce qui ne se dit pas, à énoncer ce qu'on doit taire, qu'elle est faite de « gros mots » qui heurtent les oreilles et blessent les yeux. Elle est le dévoilement d'une vérité cachée et même redoublée : c'est forcément juste puisque c'est écrit. Le vrai Barrault a fui l'enveloppe de chair de l'instituteur pour se coller sur le mur. « C'était déjà trop de l'avoir lu : je m'interdis de le prononcer fût-ce à voix basse. Ce cafard accroché à la muraille, je ne voulais pas qu'il me sautât dans la bouche pour se métamorphoser au fond de ma gorge en un claironnement noir. » On récite une langue, on la lit, mais elle déclame aussi en nous, qui sommes traversés de mots. La langue est possession, du monde, de soi ; elle sert à prendre, et elle nous prend : « Quelque part, dans une tête, rôdait cette pensée malade et criminelle. Dans quelle tête ? Dans la mienne peut-être. [...] Il me semblait à la fois qu'un fou cruel raillait ma politesse, mon respect, mon zèle, le plaisir que j'avais chaque matin à ôter ma casquette en disant : “Bonjour, monsieur l'instituteur” et que j'étais moi-même ce fou, que les vilains mots et les vilaines pensées pullulaient dans mon cœur. » Stupéfait, il découvre que les mots n'ont pas de propriétaire en titre : vous, moi, celui qui trace les lettres, celui qui les déchiffre, les mots sont à tout le monde et à personne, à eux-mêmes peut-être. On aurait pu attendre une conclusion fière à l'épisode, quelque serment proféré à la face du monde, un claironnement clair : « J'écrirai ! » pour dompter ces fauves, ressaisir ce qui est à soi et rejeter ce qui ne l'est pas, puisque écrire revient à séparer : les mots de la langue, pour les faire siens, et à se séparer ensuite d'eux pour qu'ils reviennent à tous. Mais, non. Plus sobrement, Sartre ajoute : « Je m'enfuis en pleurant. » Les noces n'étaient pas prêtes, le petit fiancé se défile, les larmes roulent sur ses joues plutôt que les phrases sur la page. Avant que la Vérité ne sorte par la bouche des enfants, elle pénètre en eux et les perce au cœur.

L'enfant n'est pas ici moins stupéfait que vingt-cinq pages plus tôt quand sa mère, plutôt que de lui raconter une histoire, comme à son habitude, décide cette fois de la lui lire : « Anne-Marie me fit asseoir en face d'elle, sur ma petite chaise, elle se pencha, baissa les paupières, s'endormit... » Un incompréhensible spectacle commence... « De ce visage de statue sortit une voix de plâtre. Je perdis la tête : qui racontait ? quoi ? et à qui ? Ma mère s'était absentée : pas un sourire, pas un signe de connivence, j'étais en exil... » Les mots nous font autre. Lire, c'est faire lever en soi une voix que je ne puis reconnaître. « Au bout d'un instant, j'avais compris : c'était le livre qui parlait. Des phrases en sortaient qui me faisaient peur : c'étaient de vrais mille-pattes, elles grouillaient de syllabes et de lettres, étiraient leurs diphtongues, faisaient vibrer les doubles consonnes ; chantantes, nasales, coupées de pauses et de soupirs, riches en mots inconnus, elles s'enchantaient d'elles-mêmes et de leurs méandres sans se soucier de moi : quelquefois elles disparaissaient avant que j'eusse pu les comprendre [...]. Anne-Marie, aussi, c'était une autre, avec son air d'aveugle extralucide : il me semblait que j'étais l'enfant de toutes les mères, qu'elle était la mère de tous les enfants. Quand elle cessa de lire, je lui repris vivement les livres et les emportai sous mon bras sans dire merci. » Le récit s'achève par l'ingratitude du petit converti. On peut adorer les mêmes dieux que les prêtres, on ne remercie pas pour autant ces stupides officiants qui nous révèlent, sans même y prendre garde, notre solitude.

Ici, pas plus que tout à l'heure devant la fresque Barrault, point d'auteur pour surgir et nous dire au bout du récit : « Aujourd'hui... » Dans le cœur du livre, Sartre s'est absenté, il se tait. Peut-être est-ce d'en avoir déjà trop dit... Est-il possible de le bien lire, ce sage récit d'une folie enfantine ?

En vérité, l'auteur agit comme les prêtres égyptiens qui se glissaient dans les statues creuses des temples pour faire parler les dieux d'une belle voix caverneuse devant les fidèles stupéfaits : à ce compte, croire était plus aisé. L'enfant emploie des mots trop grands pour lui, chantantes, nasales, diphtongues... La marionnette dévoile le ventriloque ; l'auteur agitait par-derrière le babil enfantin ; enfant, il n'avait pas ces mots pour décrire sa stupéfaction. Peut-être cette scène a-t-elle eu lieu du début à la fin telle qu'il l'a dite, mais, écrite, elle est fausse, forcément. La vie est mal faite et l'écriture aussi, qui ne mâchent pas de concert les mêmes friandises. L'auteur, inconsolable, peut vouloir les servir jointes ensemble, enrubannées dans l'écriture, mais l'enfant n'avait pas de mots pour dire ce qu'il éprouvait et l'adulte en a trop pour éprouver encore ce qu'il sait dire. La bouche pleine de douceurs, émerveillé, on se taisait. À présent on parle, mais c'est pour remplacer sur ses lèvres les parfums qui se sont perdus.

Aujourd'hui, j'écris, dont je suis « sec », pourrait confier le Sartre de 1963. Il préfère repasser la robe enfantine. Le couplet est bien tourné, la fable séduisante, l'enfant au pied de sa mère, à prendre au pied de la lettre, le livre qui parle et les statues qui volent, bravo, c'est de la bonne littérature, on s'y croirait. C'est dire assez que nous n'y sommes pas... La robe se déchire, le guignol s'effondre sous le poids du montreur. Dans la statue creuse, le prêtre a éternué et maintenant il se mouche.

Écrire, c'est aussi tuer en soi l'enfant stupide et vrai : on ne sauvera par l'écriture qu'un petit cadavre. Étouffés sous les mots de l'auteur, gisent de vrais morts qui ne se réveillent pas dans des phrases trop belles. Mais écrirait-on si on ne croyait pas un peu à ce tour : être plus vrai que le vrai et, parlant, retrouver la profondeur des âges muets, et, nommant, se perdre dans l'anonymat des choses senties et tues ? Sartre, dans *Les mots*, veut tout : se donner l'enfance stupéfaite du poète, celui qui prenait les mots pour des choses, les vessies pour les lanternes, ne comprenait pas ce qu'il lisait, et aussi vivre à rebours ce dont l'intelligence précise du prosateur l'a privé pour toujours, la bêtise stupéfaite des enfants, leur manière d'être pris tout entiers dans une phrase, d'y voir une chose et non un son creux, cette façon d'être pleins, sans trous entre les lignes. Dire et taire, sentir et sentir qu'on sent, énoncer sans que rien ne se dessèche dans le fait de dire. Le vrai rêveur n'est pas l'enfant qui voulait écrire, mais l'auteur qui voudrait écrire comme il rêvait. Il faudrait que les enfants sachent finir leurs rêves. Demandez à un enfant ce qu'il veut faire plus tard, disait Truffaut, il ne vous répondra jamais : être critique de cinéma. Je ne crois pas qu'il répondrait souvent : écrire, ou écrivain. Écrivain, c'est tout et rien, et il l'était devenu. Mais d'ici à se croire perdu pour exercer un métier trop éloigné des songes des enfants... C'est d'ailleurs l'inverse qui est le plus vrai : certains métiers sont des rêves tardifs, trop sérieux pour des enfants. Philosophes, poètes s'offrent ainsi à bon compte le visage d'une enfance perpétuelle. Enfant, vous vous rêviez médecin, pompier, infirmière ? Vous l'êtes, avec dix ans de retard. Vous le resterez peut-être jusqu'à ce que mort s'ensuive. Pour ce que cela changera ! Ce qui vieillit à coup sûr, c'est de réaliser ses rêves d'enfant. Ignorez-les, commencez vos rêves plus tard, à votre image, vous y gagnerez une éternelle jeunesse.

12

Comment écrivait-il ? « Rien ne me troublait plus que de voir mes pattes de mouche échanger peu à peu leur luisance de feux follets contre la terne consistance de la matière. » Les travaux d'écriture de l'enfant découvrent un mot à mot. Signe par signe, dans le « grattement d'un bec d'acier », il troque, les lettres contre le mot entier, la chose contre le mot qui la dit, le papier qui contient tout contre le monde qui contient si peu. Il s'oublie. « Traçant les mots, je croyais les lire. » Les mots sont des choses qu'on regarde une à une : qui les a écrits ? Personne, ils ont toujours été là, les mots et les choses se collent les uns aux autres, sur une page et dans le monde. Il se regarde écrire. Soudain les choses ont quitté leur place, elles perlent au bout de sa plume et tombent sur la page. Le monde est un ruissellement continu d'images dans l'écoulement tranquille des après-midi d'écriture. Il écrit comme on empilerait des billes brillantes dans des poches cousues avec soin. « Je tenais les mots pour la quintessence des choses »

— quel écrivain ne l'a pas cru et ne le croit pas à l'occasion ? On trouverait peu ou prou la même expression sous sa plume à tous les âges de la vie. Cet enfant est un vieillard. Pas tout à fait. Ce moment tient en quelques lignes dans *Les mots*. Celui qui écrit des mots sans savoir ce qu'il fait, sans se soucier de savoir ce qu'ils disent, mais occupé seulement de ce qu'ils sont, vit l'âge d'or de l'écriture. Copiste universel, il est tout, puisqu'il ne sait pas qu'il n'est rien, et que la folie ne l'a pas pris encore d'être quelque chose qui se prendra pour tout.

Le récit fondateur se détruit de lui-même : « À peine eus-je commencé d'écrire, je posais ma plume pour jubiler. » L'enfant plume en l'air ne cherche pas l'inspiration, ce qui reviendrait à méditer le mot d'après. Plume posée, il jouit du mot présent, celui qu'il vient d'écrire. On n'écrit pas plume posée, et pas plus on écrit au passé, les yeux tournés derrière soi. « À peine eus-je commencé d'écrire... » En vérité, il n'a pas commencé ; il n'écrit pas, puisqu'il jubile, des mots tels qu'ils sont et non tels que, s'il écrivait, il les ferait être. Ce récit tient en treize lignes, au bout desquelles : « Je me fis donner un cahier, une bouteille d'encre violette, j'inscrivis sur la couverture "Cahier de romans". »

Ici commence une autre folie où il écrira sans cesse, le plus vite possible, à se donner « mal au poignet », sans se relire, ni rien achever. Sa plume, plus tard, devenue adulte, courra sur des milliers de pages, achèvera des livres, pas toujours, pour reprendre ailleurs, véloce, emportée. Mais alors, tout aura changé. On verra toujours l'attirail et le moment comme dans l'enfance : un stylo et du papier, du temps, une main, un visage penché. Pourtant à spectacle identique, scènes bien différentes. L'écrivain n'écrira plus de mots, mais des phrases, avec quoi on fait des livres. La phrase n'a pas son équivalent au-dehors d'elle-même, elle n'existe pas avant qui la trouve. Lorsqu'on se confronte à ses propres phrases, avec qui troquer alors et quoi ? Soi, tout soi, contre tout, contre le monde. Voilà l'arc de Philoctète que cet enfant devra saisir bien malgré lui ; il le tend à l'adulte qui vient. On écrit avec des mots, mais on n'écrit pas des mots. Il faut pour écrire quitter la force brute de la chose pour entrer dans l'aventure du langage. Les phrases sont cette aventure. Que peuvent-elles bien valoir ? Dieu a créé le Verbe, les hommes n'ont su en faire que des phrases.

C'était l'âge d'or, il le mentionna en passant ; il feignait de s'intéresser à la suite. De longues descriptions lui venaient de ses récits enfantins qui finiraient peu ou prou par un écrivain de la même eau : un faiseur de phrases. Il suffit de lire son titre, où tout était dit de ce qu'il taisait. D'un écrivain, on pouvait attendre qu'il dise « Mes mots », qui signifie « Ma phrase, mon style », mais il écrivit « Les mots », ceux de tous et de personne, par nostalgie d'enfance. L'énigme aveuglante était logée dans son titre où, pressé d'ouvrir le livre, on ne la voyait pas. Voici l'assassin : la phrase. La victime : le mot. L'auteur est leur complice.

Les mots sont le cogito de Sartre, où tout est d'abord révoqué, dénoncé dans son imposture, famille, amours, rêves, jusqu'à ce que se dégage enfin la seule vérité possible, le diamant aveuglant d'une proposition philosophiquement parfaite : il faut bien que cet enfant soit vrai tout de même puisqu'il écrira. « J'écrivais pour écrire... J'étais une activité sans contenu. » Quand bien même aurait-il continué, et seulement copié assidûment que ce seraient encore des phrases, qui perdraient bientôt la magie des mots bruts, le refuge enfantin qu'il devrait quitter. La littérature est décidément une folie trop raisonnable où il faut connaître son alphabet, son orthographe et sa grammaire : où se perdre quand on cherche à avancer, bâtir ? Entré dans le secret des livres, il découvrait leur inévitable corruption. Il s'y ferait : brouillons, ratures seraient son lot. L'enfant était bien mort en lui, mais, par le même mouvement où il nous le montrait sans suite ni postérité, il le rendait immortel. Quand l'adulte rêverait de poésie ou de silence, il pourrait le reconnaître.

« Poulou n'a rien compris à son enfance », déclara sa mère après avoir lu le petit livre. Il est vrai que Sartre, pour avoir écrit longuement, n'est pas Proust : ni l'enfance, ni sa mère ne sont ses vrais sujets.

Personne ne se souvint comment ou pourquoi avait été choisi le titre, ni par qui. *Les mots* pourraient s'appeler *Écrire*, qui n'est que le titre d'une de ses deux sous-parties, et surtout *Contre les mots*, qui, écrit nulle part, est pourtant visible partout.

Post-scriptum

Avait-il perdu et fait tout son long procès en vain ? Pour certains, la cause est entendue depuis toujours : Sartre n'est pas un écrivain. Ce titre ne s'obtient pas. On est écrivain de droit, de naissance. Dans ce genre d'aristocratie, il arrive qu'une fois écrivain on se dispense même d'écrire. À quoi bon en effet ? Pour ceux-là, il reste les Académies et leur Dictionnaire — des têtes blanches se penchent sur le sens des mots dont ils ne se servent plus guère.

Il savait ne pas être des leurs : « Il est vrai que je ne suis pas doué pour écrire ; on me l'a fait savoir, on m'a traité de fort en thème : j'en suis un ; mes livres sentent la sueur et la peine, j'admets qu'ils puent au nez de nos aristocrates. » Ceux-ci sont souvent des écrivains au mouvement rare, comme Flaubert ou Baudelaire ; on croirait que chaque phrase leur coûte son poids de sang ; il avait le « geste volumineux », comptait large, par centaines de pages — en vérité, il ne comptait pas, il était du genre prodigue, de son temps, des sujets retenus, du genre si varié de ses livres. Et il écrirait pendant soixante ans.

Il pouvait lui arriver d'en souffrir. Il citait volontiers ce mot de son ancien camarade de Normale, Maheu : « Pauvre Sartre, il n'est personne qui coure avec plus d'ardeur après la beauté et qui soit moins capable de la saisir. » Dans le brouillon d'un passage des *Mots* qu'il ne retiendrait pas, rappelant l'image d'un tableau de Botticelli, un de ces tableaux fastueux et mièvres à la fois, comme un enfant peut les aimer pour leur joliesse, il avait écrit : « C'était cela pour moi, la Beauté. C'était cette *Naissance de Vénus*, quand l'eau s'apaise, le vent tombe, le paysage prend un charme étrange : quelque chose peut seul paraître, juste cela. Et voilà : c'est tout à coup cette femme nue, debout dans une conque, Vénus. »

La Beauté, il lui arriverait de la trouver ailleurs que dans ses livres : dans le profil d'une femme, l'éclat d'un matin, le miroitement d'un canal vénitien. Il s'en excusait, avançait sa propre laideur, qui lui aurait interdit de s'entourer de femmes laides, ou même d'hommes laids. Dans cette mathématique, les disgrâces ne s'annulent pas, elles s'additionnent. Il ne revendiquerait aucun des plaisirs élevés et solitaires de l'auteur, et se refuserait aux facéties de l'artiste et de sa « sensibilité exquise ». Il disait ne se sentir supérieur qu'aux seuls hommes supérieurs. L'auteur jouait à cache-cache avec l'outillage ordinaire de l'écrivain. On chercherait en vain chez lui le bureau aménagé que les descendants conservent pieusement et que peut-être on ouvrira pour le chaland, en rappelant à voix haute et tremblante les manies de l'auteur, ses objets préférés, dévoilant à la fin de la visite sa bibliothèque fournie. À écrire dans les cafés, durant une promenade, n'importe où, en fait, Sartre signifie que l'écriture et lui forment un tout. Il est son propre bureau, ses horaires, la machine actionnée comme la main qui l'actionne. Que ferait-il d'un lieu dédié à l'écriture, ces pigeonniers qu'on rejoint à heures fixes pour noircir une page, quand ce lieu, c'est lui, et c'est sa vie qu'il emporte avec lui ?

Il y a plus d'un sens au verbe « écrire », disent *Les mots*, mais le livre murmurait par-derrière l'auteur une dernière confidence publique : écrire, c'est toujours tracer un mot en trop.

FINIR

L'idiot de la famille

« J'ai commencé ma vie comme je la finirai sans doute : au milieu des livres » (*Les mots*). Au milieu... On eût dit un livre rêvé, le livre qu'il était en train d'écrire, l'interminable *Flaubert*. Depuis 1959, il n'avait « plus fait que cela », hors la courte parenthèse des *Mots*. Il avait entamé un livre immense et il se tenait au milieu, comme à l'abri. Niché en son centre, entouré du mol édredon des pages écrites et de celles qui allaient l'être. Protégé en arrière par l'épaisseur des pans déjà édifiés et en avant par ceux qui étaient projetés pour la suite. À perte de vue les chapitres, les parties, pareilles à de hautes falaises, de grands murs qui dissimulent autant le commencement que le terme. Tout autour : l'horizon des pages. Écrire enfin absolument, comme en écho à un vers de Mallarmé qu'il citait souvent, et dont Simone de Beauvoir avait fait dans ses Mémoires une métaphore de l'écriture :

Rien n'aura eu lieu que le lieu.

Se faire enterrer vivant dans un texte toujours vivant, puisque en cours. Les débuts et la fin d'un livre ordinaire sont des faux mouvements de l'auteur, la chronique de ses emportements qui le font choir, hors de lui quand il commence, hors de son livre quand il finit. Le laisserait-on enfin écrire selon son goût ? Un livre, une dernière aventure à laquelle il donnerait l'exclusive, *L'idiot de la famille*. Mais, plongée dans son livre, la tête de l'auteur dépassait encore. On le voyait, on le sollicitait, on ne pouvait croire qu'un auteur se suffise d'écrire. Parvenu au bout, Sartre avait recommencé — mais quoi exactement ?

1

Album de famille

Photographie du siècle

Nous sommes en 1979, et sur ce perron d'Élysée, nous ne voyons plus qu'eux. Enfin ils étaient réunis, ces deux-là que tout avait séparés.

Les époques sont de grandes entremetteuses ; elles aiment les histoires qui finissent bien. La nôtre, après tant de drames, s'inventait en fin de course une virginité nouvelle aux apparences vieilles comme le monde, l'Homme. Tout un siècle d'erreurs sanglantes pour parvenir à ce constat d'évidence : des hommes souffrent, d'autres hommes peuvent les aider. Ce jour-là l'Homme était vietnamien, *boat people*, en fuite sur un radeau de fortune en mer de Chine. On se cantonnait dans cette géographie prudente en ayant garde de ne pas effleurer l'Histoire, qui use de mots qu'il convenait d'oublier, impérialisme, communisme, guerre du Vietnam. Pour une fois, tous étaient d'accord, il n'y avait rien à gagner dans le rappel des vieilles lunes.

Certains intellectuels vinrent l'expliquer au président de la République. Parmi ces solliciteurs prudents, on découvrait dans un coin Aron et Sartre. La belle photographie ! Un album du siècle en vérité. On réinventa sur l'heure leurs oppositions pour mieux se réjouir de leurs retrouvailles. Peu importait que leur relation se fût surtout faite d'une indifférence prolongée. Qu'on s'en souvienne ! Tous deux normaliens et condisciples, les petits camarades, à la fin des années vingt. Aron en 1928 reçu major à l'agrégation de philosophie et piétinant son chapeau la même année où Sartre était, à l'étonnement général, recalé. Aron, l'année suivante, météorologue formateur de Sartre durant son service militaire. Aron précurseur, cédant à Sartre sa place à Berlin en 1933. Les deux compères discutant philosophie, débattant des théories inventées par Sartre au fil de leur discussion. On glissa sur toutes les années de silence qui avaient suivi, à peine interrompues par une brouille pour une émission de radio des *Temps modernes* en 1947, et enfin la charge de Sartre en 1968 contre Aron professeur, « qu'il faudrait voir tout nu », comme une vulgaire Mme Picard à la robe professorale soulevée, le tout dit en passant, sans vraie méchanceté, sans y accorder beaucoup d'importance, à peine une ligne quelque part dans l'océan des productions sartriennes. Le cas Aron avait été réglé, comme on fait un nœud à son mouchoir pour ne pas oublier un petit fait avéré, un nœud qui avait serré Aron à la gorge.

Ce n'était pas l'heure de raviver ces plaies. Aron et Sartre : rien que des hommes, deux survivants, des frères. La vieillesse étendue sur eux ferait le reste, composant ce bouquet attendrissant à deux fleurs, l'une haute et mince, d'espèce commune et universitaire, qu'on appelait de son nom d'usage Aron, la seconde ronde et flétrie, plus rare, qui cesserait bientôt de se nommer Sartre — ou peut-être, au contraire, commencerait pour de bon avec ce nom. Aron, intemporel comme la Vérité, portait veston et cravate. Sartre à l'Élysée ainsi qu'à Billancourt en ignorait l'usage ; soudain daté comme le siècle, il arborait la curieuse veste longue et bicolore qu'on lui voyait tous les jours, et dessous une chemise synthétique de ces années-là, boutonnée à son habitude jusqu'au cou.

Dans ce pays si prompt à la guerre civile, on a une tendresse pour les photos de famille, et tant mieux si on y croise des fronts diplômés, qui remplacent si bien depuis qu'on vit en république les têtes couronnées. Réunis ce jour-là par un bateau pour le Vietnam, on les aurait bien fait monter de force tous les deux dans une autre barque, celle de Pharaon, les deux reliques de l'époque, le normalien devenu professeur et essayiste, le normalien devenu on ne savait trop quoi, mais assurément quelque chose : connu, mais un peu comme on le serait en général, alors qu'on ne lisait plus beaucoup ses livres et qu'on ne savait même plus s'il en faisait encore.

Ce qui ne se voyait pas à la photographie

Ce qui ne se voyait pas à la photographie était le plus terrible qui pût lui arriver : ne plus voir et donc ne plus écrire puisqu'il ne pouvait plus se relire. C'était là, et on ne le voyait pas. Il n'y avait rien à voir quand il écrivait, ou si peu... Si peu que maintenant qu'il n'écrivait plus, il était impossible à l'image de distinguer cette absence. « Mon métier d'écrivain est complètement détruit », avait-il dit quatre ans plus tôt, en 1975. Cet écrivain n'était décidément pas poète : c'était par l'œil qu'il comprenait, l'oreille ne lui était d'aucun secours. « Par méfiance de la vieillesse [il avait] toujours pensé que l'essentiel de [son] œuvre serait écrit pour [ses] soixante ans », notait-il dans ses carnets quand il en avait trente-cinq et se trouvait enrôlé à la guerre. Et, comme il ne se voyait toujours pas mourir avant soixante et dix, « il en résultait comme un manchon vide séparant la fin de [sa] vie de [sa] mort ».

Il avait tant voulu faire sa vie, ne la devoir à personne d'autre que lui-même, qu'il avait poussé le zèle jusqu'à la deviner. Il était entré dans ce manchon vide à peine plus tard que prévu, à soixante-huit ans, mais il ne s'était pas trompé de beaucoup pour ce qu'il durerait : dix ans, pensait-il, et ce fut sept. Sept ans pour se transformer en ombre, pour que le monde se transforme en ombre dans un œil éteint. Œdipe s'est crevé les yeux pour mieux voir. Sartre pour avoir trop vu. Une mauvaise vie de tabac, d'alcool, d'excitants avait, selon ses médecins, hâté la terrible conclusion. Il est des écrivains dont le regard semble tourné vers l'intérieur d'eux-mêmes, comme si le monde était de trop. À l'inverse de ceux-là, son intériorité, sa vie et ses livres étaient le produit d'un monde vu et pensé. Sartre était moins aveugle qu'aveuglé — ainsi que le seront toujours les géants abattus, le regard soudain brûlé par le feu qu'ils maniaient sans précaution, tel Michel Strogoff, héros de son enfance, dont un miracle seul vint sauver la vue.

Sartre n'attendait pas de miracle, ou bien il le chercha dans ce qu'on lui reprocha comme un ultime aveuglement, sa passion de vieillesse pour les maos. Des *Mots* aux maos, il y a plus qu'un mauvais calembour ; c'est toute l'étrange déformation d'une vie qui veut encore parler mais bafouille et se perd dans un son — la voix célèbre s'était égarée dans un mauvais miaulement de bête blessée. Pour une dernière fois, il ne serait pas sage ; plutôt que se résigner à ne plus écrire, il s'était décidé à jeter ses derniers feux, quitte à les faire allumer par d'autres. On ne penserait pas à lui, plus tard, avec tranquillité, comme à quelque figure romaine, coulée dans le bronze stoïcien du silence. Stoïcien, il l'était pourtant à sa manière, acceptant de concourir encore, bien qu'on lui eût coupé avec la vue bien plus que les jambes. D'autres ne se priveraient pas de voir dans cette dernière figure du vieil homme se réveillant par intermittence de sa somnolence au bruit de la jeunesse qui s'approchait quelque terrible et étrange répétition des scènes de l'enfance, quand lui était encore le gosse merveilleux et non le vieillard blanchi.

Les maos l'avaient sorti de son mausolée pour l'utiliser. C'était donc qu'il pouvait encore servir. Il leur réserva le meilleur des accueils. Les autres le confondaient avec son nom — autant dire qu'il était déjà mort. Les Panthéons, il aimait les contempler à Rome, des fenêtres de son hôtel, ou à Paris, ainsi que le décor immuable de ses promenades. Quant à y résider, et de force, non merci ! Il ne goûtait pas cette gloire qui sentait la postérité de son propre vivant et qui peut-être le frustrerait de la vraie, qui commence seulement après la mort. « On n'emprisonne pas Voltaire », aurait dit de Gaulle, mot terrible pour qui, bien vivant, ne se résignait pas à être Sartre comme on est Voltaire : fini, et sans retouches possibles.

Les maos, plus habiles, demandèrent à l'individu Sartre de mettre à leur disposition la marque déposée Jean-Paul Sartre, grand écrivain mondialement connu. Il n'avait pas l'instinct de propriété, et c'est bien volontiers qu'il leur céda sa griffe, acceptant sur l'heure de diriger *La cause du peuple*, puisque lui, on n'oserait pas, pour la raison qui précède, le mettre en prison. Cela l'amuserait de porter ce faux nez pour ceux qui avaient su, sous le masque du plus grand intellectuel de son temps, distinguer encore le visage d'un jeune homme. Cela n'irait pas non plus sans enfantillages, jeux de piste et de cache-cache avec les autorités alertées. Il arrive que les vieillards retombent en enfance. S'oubliant, ils redeviennent ce qu'ils étaient quand ils n'étaient pas encore. Mais, entre-temps, les années ont passé et ont transformé, pareilles à une mauvaise fée, les promesses du début en un radotage insipide. Sartre pouvait-il retomber en enfance, ou bien, plus mystérieusement, était-ce qu'il n'avait jamais rompu avec elle ? « On s'en dégage lentement mais on ne le quitte jamais tout à fait », avait-il dit du « premier âge de la vie ». Le Sartre de la fin retrouvait l'enfant des débuts, auquel il ajoutait la joie longtemps refusée de la bande et des copains.

Il se sentait bien parmi les maos, cela étonnait — on chuchote toujours les mêmes questions derrière la passion d'autrui : que pouvait-il bien leur trouver ? « Il est évident par ailleurs que les gauchistes se préoccupent peu de théorie. » C'était dit, il aimait chez eux surtout ce qui leur manquait, et pour un moment réapparaissait le Sartre de toujours, qui avait toute sa vie préféré passer une heure avec une femme, plutôt que débattre de philosophie avec Aron durant soixante longues minutes.

Il leur résisterait, à eux aussi, qui lui reprocheraient bientôt ses exercices d'érudition littéraire. Tout vieux qu'il était devenu, il ne lâcherait sa grande somme en cours, le *Flaubert*, qu'au plus tard, quand il n'en pourrait plus.

Ne plus voir et ne plus écrire, un autre eût peut-être songé à se souvenir. Il se sentait dispensé de cette corvée réservée aux vrais vieillards. Il s'était souvenu, il n'y avait pas si longtemps, en écrivant son autobiographie. Quelques années à peine séparent le Sartre de 1964, qui publie *Les mots* et refuse le prix Nobel, de ce vieil homme qui avoue son incapacité. Neuf ans environ. Neuf ans pour ces deux miroirs rapprochés, l'un où se reflète l'enfant magique et l'autre le vieil homme, d'où il nous faut extraire l'image d'un seul. Il n'était pas resté inactif : ces neuf ans il les avait ajoutés au *Flaubert*. Dès lors, tourné en arrière, il pouvait croire avoir effacé la sentence de l'oracle qui lui faisait dire quand il en avait trente qu'à soixante ans son œuvre serait faite. Le *Flaubert* était la rébellion d'un homme qui n'avait pas dit son dernier mot. Il poursuivait sa longue controverse avec un sujet indéfini : un autre écrivain, l'écriture, ce qu'est un homme. Mais voilà que le livre prenait les traits de l'auteur, et n'en finissait pas ; la planche était vermoulue, elle risquait d'effondrer tout l'échafaudage. La question lui fut posée pour les *Situations X*, où il donnait son *Autoportrait à soixante-dix ans.* Il y répondait avec une apparente tranquillité. « Toutes les œuvres sont inachevées : tous les hommes qui font une œuvre littéraire ou philosophique ne la finissent pas. Que voulez-vous, il y a le temps ! » Cela ne semblait pas le troubler, cet état d'inachèvement au bout du compte, qui ne mettait pas en cause le seul *Flaubert*, mais bien des œuvres de jeunesse et de maturité dont il avait annoncé des suites, sans jamais les donner.

2

Collection privée

Instantanés

En 1969, alors qu'il va prendre la parole devant les étudiants, il découvre un mot qui l'attend, posé sur sa chaise : « Sartre, sois bref ! » L'anonyme rédacteur avait repris sans le savoir la douce phrase des débuts qu'employait sa mère et qu'il ne citerait pas dans *Les mots* : « Tais-toi, filet d'eau tiède », disait-elle quand il se montrait trop bavard.

Son médecin des dernières années, devant sa fatigue, en le raccompagnant jusqu'à la porte de l'hôpital, lui suggéra d'écrire des poèmes plutôt que poursuivre de longs travaux.

Il ne suivit, faut-il le dire, aucun de ces bons conseils. Le médecin était un « con », précisa-t-il, sans rien mentionner des autres. Était-ce à force de l'entendre répéter qu'il était « un homme fait de tous les hommes et qui les vaut tous et que vaut n'importe qui », qu'ils l'avaient finalement pris au sérieux ? La célèbre formule finale des *Mots*, plusieurs fois esquissée dans des textes antérieurs, avait surpris. Un homme comme les autres, vraiment ? Si cela existait bel et bien, on n'eût pas songé à lui en premier pour tenir le rôle. Il s'obstinait à le soutenir dans tous ses entretiens, comme s'il cherchait à se faire pardonner une encombrante singularité. L'écriture ne le mettait ni au-dessus ni à part, assurait-il.

Pour éclairer le portrait déplaisant de Lucien Fleurier dans *L'enfance d'un chef,* il citait un mot que lui avait envoyé autrefois un jeune homme, jusque-là épris de la poésie des bars, qui s'était adonné à toutes les folies maîtrisées de l'époque. Alors qu'il se mariait avec une « héritière », il avait écrit à Sartre : « Il faut faire comme tout le monde et n'être comme personne. »

Il avait mis son orgueil à se dire comme tout le monde mais à ne faire comme personne. Fait de mots, il cherchait à s'en défaire sur la page et ne laisserait jamais personne se mêler de son débit d'écrivain.

Rêves (notés par Sartre dans les années soixante)

Il était au café ou dans une boîte de nuit, un musicien noir très célèbre répétait la même mesure cent-cinquante deux ou cent soixante-deux fois. « On me dit : il faut qu'il tienne son public pour pouvoir faire ça. J'étais contre. » Tenir les notes, cela ne va pas, il est vrai, sans répétition. La même mesure, tout et rien en quelques sons... Tous les mots se ressemblent, ils n'en forment plus qu'un, et les livres se fondent ensemble, l'œuvre si diverse en apparence se résorbe dans une petite musique répétée infiniment, et réduite à son tour à une poignée de notes, puis à une main qui bat inlassablement la même coulpe, le même tambour de cuir frappé : « Battez votre âme, toutes les âmes crieront », écrivait-il au bas d'une page des *Mots*. Les notes battues répétaient dans le sommeil du vieil homme la phrase écrite par le jeune écrivain réveillé des débuts : « C'est comme moi qu'il faut être ; il faut souffrir en mesure », entendait Roquentin en écoutant *Some of These Days*. Vaguement déréglé, le rêve reprenait le thème des écrits pour lui donner la force lancinante du cauchemar où il n'est plus temps de se dire : voilà ce qu'il faudrait être. Le moment est venu dans le rêve où il faut constater ce qu'on a été et qui ne se peut plus changer — et si sous les symphonies, derrière toute la gamme des notes, les clés, l'âme battue dans la démesure des livres, il y avait eu en vérité une seule note, perdue ou tenue, et le public qui ne faisait pas la différence ? Le rêve reprenait, « il n'y a pas de mélodie, juste des notes, une myriade de petites secousses », Roquentin écoutait encore *Some of These Days* ou plutôt il ne l'écoutait pas, il le décomposait ; les notes étaient comme les mots obstinés qui perçaient soudain sous la phrase ; de petites têtes de fer passaient par-dessous la mélodie et pointaient à la surface de la belle envolée pour chercher avidement leur respiration ; les petites bêtes jouaient aux revenants trop vite enterrés, à présent ils soufflaient leur son au-dedans de la phrase, à casser la jolie mélodie. « J'aimerais bien les retenir, mais je sais que si j'arrivais à en retenir une il ne resterait plus entre mes doigts qu'un son canaille et languissant. Il faut que j'accepte leur mort ; cette mort, je dois même la vouloir. » Roquentin s'apercevait que l'écriture était un décret de mort contre les mots, qu'il fallait faire se taire les mots écrits dans les phrases, et le vieil homme battu par le sommeil rêvait encore, sans savoir si c'était bien ou mal, ni même savoir si c'était vrai, de ne pas avoir écrit tant de pages, mais frappé un seul son, et sauvé au moins un mot du caveau où ils gisent abattus.

Une autre fois, il faisait une conférence annoncée en quatre parties et il s'arrêtait après la troisième. Nul ne le remarquait. Il est vrai qu'il avait dit un jour : il faudrait « chercher pourquoi j'envisage de faire des œuvres qui sont toujours plus longues que celles que j'écris vraiment ». Il s'arrêtait en chemin, sans que nul s'en émeuve, pas même lui. Trois parties tout de même dans son rêve, ce n'était déjà pas mal, d'autant que, revenu à la vie, il pourrait compter de même trois parties faites pour le *Flaubert* — la quatrième resterait dans les limbes, à l'état d'ébauche.

Caricature

« Cet homme est un toxicomane... » Son visage figurait en pleine page d'une feuille gauchiste qu'avait, là encore, accepté de diriger le philosophe bien connu. Un texte accompagnait la photographie. Ensemble, ils semblaient un avis de recherche placardé sur les murs d'une ville. On y dénonçait ses habitudes : une vie de café, d'excitants, autant de drogues qui font chacune leur part aux fumigations, jusqu'à la plus confirmée d'entre elles, l'écriture, où, roulant du papier entre ses doigts, il s'enivrait de ce qu'il contenait, et qui ne s'en dégageait qu'après qu'il l'avait frotté assez longtemps avec son stylo. Ses nouveaux amis avaient trouvé cocasse de l'enrôler, pensaient-ils, à front renversé : si on avait écouté le gouvernement, alors chaque citoyen eût été un délinquant en puissance qui voulait choisir parmi ses rêves plutôt qu'absorber en silence les somnifères prescrits par la France pompidolienne, celle des Renault 4L et du réfrigérateur pour tous.

C'était trop bien dire, ou, comme dans sa nouvelle *Le mur*, cela revenait à dénoncer celui qu'on croyait avoir si bien dissimulé sous de fausses pistes données à la police. Il était en effet le plus conscient des toxicomanes, un graphomane redoutable, indécrottable de la page et familier des amphétamines.

Ces mêmes jeunes gens, enfin revenus de leur erreur, se reprendraient. Ils chercheraient, mais trop tard, à lui arracher la longue pipe d'opium du *Flaubert* qu'il s'était fichée dans la bouche pour mieux fuir leur fadeur dans la saveur opiacée des bonnes phrases.

3

Galerie des portraits

Salle 1 : portrait officiel

En 1970, Sartre préface la volumineuse bibliographie qui lui est consacrée : elle contient tout ce qu'il a été possible de recenser de ses textes, de 1923 à 1969, en cinq cent onze mentions d'œuvre, qui vont de fragments de textes retrouvés à tous ses livres publiés, sans rien oublier en chemin de ses interviews ou du discours sur le cinéma qu'il fit à ses élèves du lycée du Havre lors de la distribution solennelle des prix le 12 juillet 1931, qui était un dimanche. Les auteurs estiment avoir doublé les références connues, mais ne tiennent pas l'œuvre pour quitte. Des morceaux ont pu échapper, parus dans des périodiques ou à l'étranger. « Une recherche systématique s'imposerait, par exemple, en Italie », écrivent-ils dans leur introduction. L'homme du « Rien dans les mains, rien dans les poches » étais pris la main dans le sac : l'inventaire s'étalait devant lui, sur la table des magistrats ; les diamants voisinaient avec des éclats mais au total le butin impressionnait chacun, les juges comme le prévenu. Le gros livre, près de huit cents pages, semblait un livre de sa main — ressemblait-il pour autant à l'auteur ? D'ordinaire si net dans ses jugements, convié à préfacer ce lourd équipage, comme il l'eût été à refaire ses gestes pour une reconstitution criminelle, il reconnaît « non sans malaise » tous ces « témoins à charge ». Dans un balancement du style et de l'esprit qui rappelle la subtile péroraison finale des *Mots*, tout en mettant en avant dès les premières lignes son « incompétence » pour juger d'une bibliographie, il salue un travail qui a su transformer « ce dénombrement en portrait » — un portrait dont il admet que la vérité est « indéniable, s'il est vrai qu'on n'est rien d'autre que ce que l'on a fait ». Le doute lui était-il donc permis qu'on fût autre chose que la somme de ses actes ? Ainsi : « Je viens à moi comme un étranger [...] mais je ne puis rien récuser [...] le sujet du tableau c'est bien l'auteur peint par lui-même ; et si je n'aime qu'à demi cette peinture, c'est évidemment parce qu'elle est vraie. » C'était une peinture ressemblante, elle était *de* lui, mais dans le double sens du génitif qui est en grammaire le pendant de la malle à double fond du magicien : il l'avait faite et elle le montrait, il était le sujet du tableau et son auteur.

En somme, lisant sa bibliographie, à le prendre pour ce qu'elle était, on attrapait aussitôt la berlue, on voyait double. À tous ceux qui eussent voulu refermer de force sur lui toutes ces pages, il eût demandé de quel Sartre ils voulaient parler, celui qui se voyait dans les livres, celui qui les avait faits, ou celui qui à présent les considérait de loin, et même, en écrivait un de plus, et pas le moindre, son *Flaubert* qui atteignait déjà deux fois le poids de pages de la bibliographie qu'on lui tendait comme un calice amer. Sa mort « enlèverait un mort », avait-il averti. Le vivant ne laisserait célébrer qu'une image incomplète. Il demandait encore un peu de patience avant de laisser voir l'image finale. Avec le *Flaubert*, il retoucherait encore son portrait.

Salle 2 : vanités et natures mortes

À côté des portraits fouillés de vrais écrivains qu'il avait faits, et qui constituaient le morceau de choix de la Galerie, section Baudelaire, Mallarmé, Genet et bientôt Flaubert, on pouvait en poussant une porte trouver, à part, des esquisses, tout un petit Enfer qui contenait une méditation personnelle et morose sur toute œuvre quelle qu'elle soit, énorme et mondiale comme la sienne, ou provinciale et privée comme celle des personnages qu'il avait imaginés. Dans les premiers tableaux, par ordre de date, on reconnaîtrait de nombreux membres du corps enseignant, celui de... médiocre professeur de lycée provincial qui, dans *L'ange du morbide* (1923), séduisait une jeune phtisique. À côté, peint la même année, on aurait contemplé le visage idiot de *Jésus la Chouette*, ridicule professeur à La Rochelle, chahuté par ses élèves, et qui finissait par se suicider. Plus loin, en 1939, le visage de Mathieu, le professeur de philosophie de *L'âge de raison,* serait là, « sinistre » puisqu'il n'écrivait pas. Le clou de la collection serait tout à côté le tableau du professeur d'Aurillac, daté de 1963-1964, qui figure dans *Les mots* : « Je vivrais dans le commerce des grands auteurs ; d'un même mouvement, je révélerais leurs ouvrages à mes élèves et j'y puiserais mon inspiration. Je me distrairais de ma solitude provinciale en écrivant des poèmes, une traduction d'Horace en vers blancs, je donnerais aux journaux locaux de courts billets littéraires, à la *Revue pédagogique* un essai brillant sur l'enseignement du grec, un autre sur la psychologie des adolescents ; à ma mort on trouverait des inédits dans mes tiroirs, une méditation sur la mer, une comédie en un acte, quelques pages érudites et sensibles sur les monuments d'Aurillac, de quoi faire une plaquette qui serait publiée par les soins de mes anciens élèves... » Pour faire pendant à ce chef-d'œuvre, on placerait, en face de Mathieu, le Roquentin de 1938, également « sinistre » pour les mêmes raisons — il aurait cessé d'écrire —, et toujours appartenant à *La nausée,* répondant au chantre d'Aurillac, le portrait de Gustave Impétraz qui avait sa statue en bronze à Bouville, devant la bibliothèque municipale. « Il était inspecteur d'académie. Il peignait d'exquises bagatelles et fit trois livres : *De la popularité chez les Grecs anciens* (1887), *La pédagogie de Rollin* (1891) et un *Testament poétique* en 1899. »

Chacun des personnages rappelait un trait de l'auteur qui les avait peints : professeur, parfois écrivain, mais, assurément, tous des ratés. L'auteur disait s'être pris pour modèle, mais il semblait qu'il se fût appliqué à faire des grimaces tandis qu'il se croquait. Peut-être pour mieux revenir tout à l'heure à l'apaisement de son vrai visage ? S'il avait bien été Mathieu et Roquentin, « plus le principe vivant », écrire, que lui restait-il pour se distinguer d'Impétraz et du professeur d'Aurillac, ses doubles grotesques qui avaient en commun avec lui le vice ridicule de l'écriture ? Il n'était pas du genre à se dissimuler derrière le succès ou la chance qui ne changeaient rien au genre d'homme qu'ils étaient, de ceux qui font des livres comme les malades font leurs crises.

On ne classe pas les écrivains, il l'avait signifié publiquement par son refus du prix Nobel. Une lueur d'espoir brillait de ce côté, dans la déclaration qu'il avait publiée à l'intention du jury pour justifier son refus : « L'écrivain doit refuser de se laisser transformer en institution. » Par là, il se mettait à part. Il avait tout misé sur le papier tandis que les autres avaient accepté des métiers, on leur avait fait une statue... Pourtant, il s'était lui aussi transformé en institution, fût-elle celle de la rébellion qui, prétendant déboulonner toutes les statues, lui avait fait la sienne au passage. On ne pouvait pas décider. Il faudrait se contenter du constat résigné qu'il faisait à la fin des *Mots* : les livres sont de la culture qui « ne sauve rien ni personne, elle ne justifie pas. Mais c'est un produit de l'homme : il s'y projette, s'y reconnaît ; seul ce miroir critique lui offre son image ».

À la fin de sa vie il se ménagerait une épitaphe à la Stendhal : « J'ai vécu, j'ai écrit. » Il n'y avait rien de plus à dire de lui que d'Impétraz ou du professeur anonyme d'Aurillac. Qu'on écrive pour rien, pour passer le temps, pour être lu, qu'on fasse une œuvre par désœuvrement, et qu'elle soit publiée ou inédite, qu'est-ce que cela peut bien changer et à quoi ? Toute vie vue de près et dans le détail ressemble à une défaite, avait-il écrit. Les livres transcrivent parfois ces fiascos qui, une fois résumés sur la page, peuvent passer pour des victoires.

Au moment où nous quittons, désolés, cette salle un peu triste, un dernier portrait dont le visage ne nous serait pas du tout familier, ni non plus d'ailleurs à son œuvre, nous arrêterait près de la porte : un jeune homme à moustache et en uniforme regarderait de côté, les yeux dans le vide. On lirait sans comprendre au bas du cadre cette phrase énigmatique : « Il a aimé pourtant, il a voulu vivre, il s'est vu mourir ; cela suffit pour faire tout un homme. » De qui parlait-il ? De son père si bref, Jean-Baptiste, ainsi évoqué dans *Les mots*. Il n'y a rien à juger d'une vie courte ou longue sinon qu'elle a eu lieu. « Il avait de mauvaises lectures, comme tous ses contemporains. Dans les marges, j'ai découvert des griffonnages indéchiffrables, signes morts d'une petite illumination qui fut vivante et dansante aux environs de ma naissance. » Tout de même, aussi peu qu'on vive, aussi vainement qu'on lise, écrive ou fasse autre chose, on aura eu sa chance.

Salle 3 : mécaniques d'auteur
(images et son)

(Modèles possibles [*Tintoret*, 1964], et antimodèles de toujours.) On ne reconnaît que ce qu'on connaît un peu, il suffit pour bien peindre de s'observer : « Il y a je ne sais quoi d'éperdu dans ce goût du *forcing* : jusqu'à sa mort, Robusti court contre la montre et l'on ne peut décider s'il se cherche par le travail ou se fuit dans le surmenage. » Il n'était pas du genre lui non plus à refuser une commande, quitte à se la passer lui-même. Souvent, il parlait à son propre sujet de « plein emploi », parce qu'il ne supportait pas les temps morts, voulait que chaque instant, chaque expérience serve à l'écriture. Il raillait les génies dégoûtés à la manière de Michel-Ange, ou faussement empêchés comme Flaubert, et désabusés ainsi que Baudelaire, qu'il accusait d'« organiser sa propre infécondité ». Fils de son siècle, il produisait en masse, selon des procédés industriels, se relayant lui-même, et lui par la chimie des amphétamines. Par là, il pouvait songer toucher à la condition d'ouvrier, et le délabrement de son corps rappellera par maints aspects une usure professionnelle.

Sur le programme public de la pièce *Le Diable et le Bon Dieu*, la direction du théâtre, à bout d'arguments et ne sachant plus que compter dans tout cela, les scènes, les mots ou les images, alors qu'elle n'avait eu de cesse de lui demander de réduire son texte, effrayée des longueurs, pour la retape, vantant l'ouvrier plus que l'auteur, avait écrit : Mille neuf cents heures de travail de Jean-Paul Sartre. »

Simone de Beauvoir (à propos des années soixante et de l'écriture de la *Critique de la raison dialectique*) : « Vous étiez extrêmement nerveux au point d'user par exemple la moquette de mon studio, j'ai été obligée de rajouter un morceau supplémentaire tellement on voyait la corde à cause des coups de pied que vous donniez dedans. Et les fauteuils, je les recouvrais à cause des coups de coude que vous donniez dedans. » La littérature, ça use, ça use, chantonne-t-elle tandis qu'il redonne à ces incidents domestiques leur dignité métaphysique : c'était dans la littérature et la philosophie qu'il donnait de vrais coups pour qu'on voie enfin la corde de ces vieilles choses usées et pourtant toujours neuves aux yeux des hommes.

(Images, en boucle.)

Il fait jouer un tube d'amphétamines, la Corydrane, dans ses mains et dit : « Voilà, un tube, c'est deux jours d'idées. »

Il repose le tube et dit : « Je ne prends pas de Corydrane pour la littérature ; pour écrire des romans, il faut être *absolument normal* » (il avait essayé de prendre de la Corydrane pour *L'âge de raison* et avait aussitôt arrêté : il était assailli par des métaphores qu'il ne contrôlait plus).

(Notice, *a*). Il emploie une image pour décrire cette relation particulière entre la pensée et l'écriture : écrire comme on ouvre un robinet. La Corydrane était l'acmé de cette relation, où il extrayait ses idées de son esprit pour les refiler en douce au papier. Les mots sont des cellules du corps sartrien que l'écriture dissocie de leur milieu vivant ; entre le papier et l'écrivain, il abolit toute séparation. Revenant sur les années soixante, il insistait : « N'oubliez pas que cette Corydrane me donnait l'impression d'une totale adhésion de moi-même à moi-même. La cénesthésie disparaissait quasiment, et il y avait les idées que je formais dans ma tête au moment où j'écrivais, et il y avait l'écriture, tout cela en même temps. »

(Notice, *b*). Pour la *Critique de la raison dialectique*, dont il admet que « le plan n'est pas un modèle de simplicité ni de clarté », il empile les pages à vive allure. Simone de Beauvoir raconte : « Il ne travaillait pas comme d'habitude avec des pauses, des ratures, déchirant les pages, les recommençant ; pendant des heures d'affilée, il fonçait de feuillet en feuillet, sans se relire, comme happé par des idées que sa plume, même au galop, n'arrivait pas à rattraper ; pour soutenir cet élan, je l'entendais croquer des cachets de Corydrane. » Il prend à peine le temps d'écrire et plus du tout celui de penser avant d'écrire, puisqu'il pense en écrivant et écrit ce qu'il pense. Le geste d'écrire provoque sa propre nécessité en inventant ce qu'il y a à écrire tout autant qu'il le révèle. Cela se passait « en même temps », précise-t-il pour ne pas laisser dire que la fonction crée l'organe, et que l'écrivain sous amphétamines est d'abord une plume qui pour trouver des mots à écrire s'invente à rebours un auteur (c'est aussi bien l'inverse qui serait effrayant : un cerveau qui n'exige qu'une main).

À l'observer, on le retrouve pareil à l'enfant qu'il a décrit laissant tomber les cahiers au pied de la table sans y prêter plus d'attention que cela. Cahiers de philosophie pour cahiers de romans, il aurait passé une vie d'écriture pour seulement changer le nom porté sur la couverture des livres, sans rien toucher à sa manière de les faire.

Salle 4 : autoportrait à soixante-dix ans

1975, Sartre. Aveugle, il n'écrit plus. « Je me promène un peu, on me fait la lecture des journaux, j'écoute la radio, quelquefois j'entrevois ce qui se passe à la télévision. » Plus loin, il confie : « L'unique but de ma vie, c'était d'écrire. J'écrivais sur ce que j'avais préalablement pensé, mais le moment essentiel était celui de l'écriture. »

(Notice). La frontière avait toujours été fragile entre l'auteur et sa page : longtemps, l'écriture lui était apparue trop lente et il écrivait à se faire « mal au poignet », jusqu'à l'écœurement, pour rattraper le mouvement de la pensée. Elle était à présent, à ses yeux de la fin, le « moment essentiel ». Parce qu'il y avait passé beaucoup d'heures, parce que, sans elle, ce qui était pensé n'aurait pas été connu, et que, à la place d'une vie d'écrivain, il aurait dû vivre un long soliloque d'images et d'idées ? Ou encore parce qu'il sentait qu'on n'eût pas pardonné qu'il ne dise pas au moins une fois qu'écrire était autre chose que recopier, calligraphier, transcrire ?

Salle 5 : portrait officieux de l'auteur en lecteur

Sur la fin, il lisait de moins en moins, et surtout de drôles de livres, des romans policiers. Il avait passé sa jeunesse dans les hôtels, et dans les trains, lorsqu'il naviguait entre les lycées de province où il était professeur, au Havre et puis à Laon, avant de rejoindre Paris. Il lui fallait des livres pour cette vie sans cérémonie, des livres qui lui faisaient le court usage du trajet ou d'une nuitée et qu'il pouvait abandonner. Un roman policier se lit comme on gobe un œuf, ou vide un verre d'alcool fort, d'une traite — un coup sec du poignet qui tourne les pages, et le livre est vide, bon à jeter. « Aujourd'hui encore, je lis plus volontiers les "Série noire" que Wittgenstein », écrivait-il dans *Les mots*. Dans la vieillesse, à Rome, il tenait encore parole, et ne lisait plus que des *gialli*, puisque les Italiens appellent jaune ce qu'à Paris on dit être noir. Voilà toutes les couleurs qui étaient restées à cet œil qui sombrait peu à peu dans le gris.

On lui reprocherait ensuite de refuser le dialogue avec ses contemporains. Interrogé sur tout ce que son *Flaubert* devait aux travaux de Lacan, il répondit : « Je n'ai pas pensé à Lacan en décrivant la constitution de Flaubert. À vrai dire, je ne le connais pas très bien », tandis que Simone de Beauvoir constatait dans leurs entretiens de 1974 : « À partir de l'année 1952, je ne vois pas que vous ayez eu de grands enthousiasmes littéraires. »

À se souvenir du fier propos des *Mots* où il disait qu'il finirait sa vie « au milieu des livres », on comprenait mieux ce qu'il avait voulu dire : au milieu des vrais livres, ceux qu'on est assuré de trouver sur la table d'un écrivain puisqu'il est en train de les écrire.

4

L'œuvre

Pensées d'auteur

Interrogé sur le tard, il pensait rester par les *Situations*. Elles étaient sa plus grande invention de style. Mémorial plutôt que mausolée des variations sartriennes, les *Situations* dessinent en creux le portrait d'un lecteur futur et il les mettait donc en premier. Il nous surestimait, ou bien, comme ces pères prudents, préférait-il répéter à ses enfants qu'ils sont intelligents, dans l'espoir qu'ils le deviennent ? Fourmillement littéraire, philosophique et politique, elles lui permettaient d'éprouver une diversité de sujets et de méthodes, elles incarnaient au plus haut point la liberté de l'écrivain, qui pouvait et devait parler de tout, sans se soucier des genres établis. On ne sait où donner de la tête, ni par quel bout prendre ces morceaux de critiques qui font parfois la taille d'un honnête essai. Le souffle qu'il fallait pour les écrire, il faudrait le retrouver pour les lire. Les *Situations* fournissent la chronologie d'un règne.

Elles sont entre 1948 et 1970 la chronique de ses emportements : les engagements et les éloignements, depuis « Les communistes et la paix » au « Fantôme de Staline » ; des amours et des détestations, de Dos Passos à Gorz jusqu'à Renard ou Nabokov. Ses sentences étaient souvent sévères. Il n'y a pas d'innocent parmi ceux qui écrivent. « Toute technique révèle une métaphysique », disait-il, et c'était la vision du monde qui se dissimulait derrière les actes qu'il voulait amener à la lumière par sa critique. Tels de mauvais écoliers, nous n'en connaissons plus que des fragments, nous butinons des morceaux choisis : l'assassinat de Mauriac, pour débuter, la charge contre Camus ou contre une émission de radio en vogue sur Europe 1, « Vous êtes formidables », ou encore les caveaux de Nizan, Merleau-Ponty, Gide. Le cycle s'achèvera en 1970 par *Situations X*, où faute d'écrire encore assez pour boucler tout le volume, Sartre y répond à des questions sur le *Flaubert*, les femmes, lui-même.

Sa philosophie ne serait sauvée que si elle servait à d'autres. Sa théorie du pratico-inerte ou sa critique de la sérialité lui faisaient espérer que dans la salle des machines des penseurs de plus tard un ou deux pistons auraient été usinés par lui. *L'être et le néant*, la *Critique de la raison dialectique* apparaissaient à ses contemporains, vus du pavé, comme des édifices imposants ; il les regardait du point de vue plus élevé de la *filosofia perennis*, où on gagne à troquer deux cathédrales d'aujourd'hui contre un tableau d'autel, pourvu qu'il appartienne à demain. S'il a vu juste, le philosophe s'est placé sur un chemin où d'autres passeront. Le jour où ces suiveurs viennent, c'est pour aller au-delà. Ils acquitteront l'octroi par la citation de ses erreurs, leur notoriété se fera en bradant des dépouilles. Si la tombe n'est jamais fouillée, qu'elle demeure, superbe et isolée, alors il faut en conclure que les grandes voies passent ailleurs et avec elles, rôdeurs et voyageurs. Marx disait avoir remis Hegel la tête à l'endroit. D'autres, après lui, prétendirent que c'était pour l'avoir lu à l'envers. On parle de « revenir » à Kant, de « dépasser » Descartes, et son souhait était « qu'on fasse du travail en reprenant celui [qu'il a] fait et en le dépassant ». Les philosophes habitent entre les mêmes murs, ils ne cessent de bouger les vieux meubles laissés par leurs prédécesseurs. Ainsi, la maison semble toujours occupée. Celui qui habite un tranquille mausolée est deux fois mort, puisqu'il a fait fausse route.

Pour les romans, c'était différent. Les romanciers se sont trop répété que les grands livres semblent avoir été écrits en une langue étrangère, et ils ont fini par le croire. Ils font comme si le monde et la langue commençaient avec eux. Parlez-leur d'influence, ils entendent plagiat. Évoquez la culture que leur œuvre exige d'eux, ils sursautent — ces maîtres, vous les traitez en élèves. Il n'avait pas ces préjugés. Il ne croyait pas que les livres viennent du ciel. Ils sont des enfants de l'époque, faits par les enfants de celle-ci. Un auteur est autant le père de son roman que son frère de lait : ils ont respiré le même air, bu à la même source, et partagent la même mère.

Il emprunta des techniques littéraires aux Américains pour écrire *Le sursis*, évoquait volontiers Dos Passos ou Hemingway pour ses inspirateurs.

Il avait fait ses adieux au roman en premier, très tôt, en 1949. Il n'en parlait plus, ou alors si vite : « La littérature, c'est de la merde, disiez-vous à une époque », lui rappelait Simone de Beauvoir en 1974, et l'entretien tournait court. Il avait dit cela en effet, en 1954, puis il répondait à côté, sur le style, écrire bien et ce que cela signifie, et ajoutait : « D'une façon générale, je ne sais plus très bien pourquoi on écrit des romans. » Il oscillait entre désenchantement et contestation de la « belle » écriture, mais protestait tout de même si on disait que son *Flaubert* était écrit « comme ça », au fil de l'eau ; il y avait eu des brouillons, des retouches et des « bonheurs d'expression ». Il constatait après coup la littérature sous sa plume, plus qu'il ne cherchait désormais à la rejoindre. Il évoquait son « métier », qui faisait qu'il pouvait écrire sans recherche et pourtant bien écrire. Au roman, il opposait en quelque sorte son âge : il était trop vieux pour donner encore dans ce genre de tour et pas assez retombé en enfance pour vouloir encore écrire des histoires.

Il avait éprouvé une progressive lassitude vis-à-vis de tous les genres d'écriture, au-delà du seul roman. La philosophie l'avait « ennuyé ». Après la *Critique de la raison dialectique,* parue en 1960, il n'en avait plus fait — au même moment il cesse d'écrire des pièces de théâtre.

Les mots et le *Flaubert*, par lesquels il finirait son œuvre, étaient aussi ses plus grandes innovations et ne devaient rien aux genres installés, mais tout à lui-même. À la fois romans, essais, critique, philosophie ou nouvelle méthode, ces livres n'avaient pas eu d'autre origine que son propre désir de les faire comme il les avait pensés, comme nul autre avant lui n'avait pensé qu'on pouvait faire des livres.

Chutes d'œuvre

Il n'écrivait pas tous ses livres de la même manière, mais il y avait tout de même des constantes, dont la somme aurait donné l'écrivain qu'il était. La philosophie s'écrivait vite, sans arrêt, pour mener ses idées au bout. Il écrivait à la suite sur la page, jusqu'à la première difficulté, rature, faute de français, embarras. Alors il changeait de page et reprenait. Pour la littérature, il n'attendait pas la première butée, la littérature était le produit de butées successives. Il faisait des brouillons, plusieurs pour chaque page. Quand on le traitait de fort en thème, il répondait que la littérature revenait plutôt à se montrer, si c'est possible, « fort en version ». Le jeu de mots était à entendre littéralement : parce que la littérature était une traduction en langue littéraire d'impressions et d'idées que la philosophie pouvait accueillir telles quelles, et parce que, dans son cas, la littérature était toujours le résultat de plusieurs versions successives de la même page.

Le livre n'était pas fini pour autant. Ou bien il en manquait un bout. C'était souvent le cas pour la philosophie ou pour les essais. Le livre était alors plus incomplet qu'inachevé — tel un lit de Procuste, on pouvait y dormir même s'il n'était pas à la bonne taille — et il le publiait. Il ne renonçait pas à le terminer plus tard. En revanche, les romans et les nouvelles laissés en l'état étaient à ses yeux définitivement inachevés. Il ne s'opposait pas à ce qu'on les publie ainsi, alors qu'il demandait encore à la fin de sa vie que les parties incomplètes de sa philosophie fussent retenues.

Que d'œuvres laissées en plan ! Dans un entretien avec Simone de Beauvoir, il faisait le compte des textes inachevés ou qu'il n'avait pas assez repris pour les publier :

Philosophie. Ses deux plus grandes œuvres, *L'être et le néant* et la *Critique de la raison dialectique,* sont restées incomplètes.

L'être et le néant devait être prolongé par une *Morale* annoncée à la fin du volume. Il l'a ébauchée (en 1939, il écrit ainsi fièrement à Simone de Beauvoir : « J'ai fini ma *Morale*, ce qui signifie sans doute qu'il l'a conçue en entier, et que dans sa tête tout est clair), puis l'a « remise à plus tard », parce qu'il avait commencé une étude sur Nietzsche dont elle faisait partie mais qui l'en aura au bout du compte éloigné. En 1964-1965, il retravaille la *Morale* pour une conférence à Rome et en prévision d'un cycle de conférences en Amérique (qu'il annulera pour cause de guerre au Vietnam). En 1969, il déclare aux auteurs de sa bibliographie que son « éthique dialectique est à l'heure actuelle entièrement constituée dans [son] esprit et qu'[il ne prévoit] plus maintenant que des problèmes de rédaction ». Mais l'écriture de la *Morale* ne sera jamais sérieusement engagée.

La *Critique de la raison dialectique* se présente comme le premier tome d'une « Théorie des ensembles pratiques » qui devait comporter un tome II où il aurait traité de l'Histoire. Il y renonça car il lui aurait fallu faire trop de nouvelles lectures et il n'en avait plus le courage.

Les textes de jeunesse comptent, c'est l'usage, plusieurs inachevés. Il n'aura publié qu'un fragment de *la légende de la vérité* dans la revue de Nizan en 1931. *La psyché*, abandonnée (pour finir *Le mur*) après quatre cents pages, est reprise en partie dans *Esquisse d'une théorie des émotions.*

Littérature. Le grand cycle romanesque *Les chemins de la liberté* reste incomplet : le quatrième volume, qui devait prolonger le roman jusqu'à la Libération, fut seulement esquissé. L'œuvre compte un grand nombre de nouvelles inabouties, surtout rapporté au nombre des publiées : *Dépaysement,* sur Naples, dont seul un fragment paraîtra ; l'épisode de l'orchestre de femmes au retour de Casablanca, qu'il reprendra en partie dans *Le sursis,* et une nouvelle intitulée *Le soleil de minuit.* Inachevé aussi, ce projet d'une *Nausée* de son âge mûr, un ouvrage assez ambitieux, dont il a écrit cinq cents pages, *La reine Albemarle ou le Dernier Touriste*, dont seuls les passages sur Venise paraîtraient. Vingt pages sur le clapotis des gondoles, disait-il avec fierté, en se rappelant les tours de force dont il avait été capable.

Entre littérature, essais ou philosophie, on pouvait ajouter à l'inventaire le grand *Flaubert*, en panne au bout de trois volumes parus, ou son projet d'autobiographie complète dont *Les mots* n'avaient donné que dix ans, et encore *Le Tintoret* resté fragmentaire, parce qu'il s'était « ennuyé » à force, ou le *Mallarmé* abandonné au milieu du gué après une publication partielle.

Il est vrai, dans l'autre sens, qu'il arrivait qu'un projet d'article lui fît au bout du compte un peu plus, un vrai livre (*Baudelaire*), ou qu'une conférence devînt une brochure célèbre (*L'existentialisme est un humanisme*) tandis qu'une préface, grenouille devenue bœuf, tournait en un gros volume (*Saint Genet, comédien et martyr*).

Il n'est pas moins vrai que le plus souvent les œuvres « abandonnées » de Sartre ne le sont guère qu'après qu'il a chaque fois poussé son sujet sur des centaines de pages — qui sut au fond qu'il n'était pas allé au bout, sinon lui ? L'inachèvement sartrien est d'une nature particulière. Ce n'est ni un épuisement, ni le point incontestable où poursuivre une œuvre reviendrait à la défaire. Il eût été chaque fois possible de continuer. Le livre est en apparence moins en cause dans cet état final imparfait que l'auteur, appelé à d'autres tâches. Sartre quitte un texte en cours pour rejoindre, plus loin, ailleurs, un autre texte, ou bien l'Œuvre, qui est un peu plus que la somme des parties, puisqu'elle en est la sommation, plus la volonté de sommer.

S'est-il dispersé ? Lui a-t-il manqué la sagesse qu'il reconnaissait d'emblée à son arrière-grand-père, quand, dès la première phase des *Mots*, il cite cet instituteur qui « consentit » à se faire épicier pour faire vivre sa famille ?

Sartre, mauvais héritier, n'aura jamais consenti qu'à lui-même, aux « mille Socrate » qui le démangeaient si fort et qui cherchaient à parler par sa bouche.

Restes

Il évoquait souvent le souvenir d'un livre illustré qu'il aimait depuis l'enfance, *La légende des petits cochons qui mangeaient tout*. Inventant dans l'instant un système de philosophie il disait par lettre à Simone de Beauvoir : « Mais peut-être que les cochons le mangeront », et on ne savait pas s'il rêvait ou redoutait pour ses pensées une brusque fragilité.

À l'heure des comptes, en apparence, les petits cochons avaient manqué d'appétit. Il comptait beaucoup d'inachevés, quelques inédits, mais si peu de vraie perte. La faute aux éditeurs, qui fouillent les poubelles, préparent dans votre dos une édition des « œuvres complètes » comme cette publication dans la « Bibliothèque de la Pléiade » qui était en cours pour ses œuvres romanesques. Sa faute à lui, qui n'hésitait jamais à reprendre plus tard ce qu'il avait un moment laissé de côté, et que, pour cette même raison, il ne répugnait pas à interrompre. Immortel ou pas, il croyait toujours qu'il pourrait retourner où il s'était arrêté, reprendre sa phrase au mot près comme si une seule et même phrase se poursuivait dans son esprit. Il avait bien décrit cette étonnante faculté de « refaire » dans *Les mots* : « Je m'avise que deux ans plus tôt, j'ai écrit une page qui pourrait me servir. Je la cherche et ne la trouve pas [...] je vais la refaire. Quand j'ai terminé le travail, un hasard me fait remettre la main sur la page égarée. Stupeur : à quelques virgules près, j'exprime la même idée dans les mêmes termes. » Les mots sagement rangés attendent seulement d'être dits, il reviendra tout à l'heure écrire les pages manquantes, finir la phrase où il l'a laissée, puisque l'écriture n'est jamais qu'une question de temps à trouver, une disponibilité consacrée à la rédaction.

Lire son œuvre dans sa durée d'écriture, c'était

aussi se ménager de nombreux rendez-vous personnels avec l'auteur qui promettait d'aller plus loin une autre fois. Il en appelait à l'avenir contre le présent, encourageait le lecteur à ne pas se fier à sa premère impression : il faudrait encore tourner des pages et des pages pour avoir le fin mot de l'histoire — était-il devenu très différent du jeune homme qui pour s'opposer aux frasques de la fantasque Toulouse pensait sous cape Rira bien qui rira le dernier ? À annoncer des épisodes futurs, il arrivait qu'il fasse ensuite faux bond, ainsi dans *Les mots* quand il écrivait à la fin du livre : « Je raconterai plus tard quels acides ont rongé les transparences déformantes qui m'enveloppaient... » Plus tard, jamais... Bien qu'il ait continué d'annoncer les suites de son autobiographie. *L'être et le néant* s'achève par cette phrase très professorale, comme on annonce le programme du cours qui va suivre pour que les élèves ne se dispersent pas à la récréation : « Nous y consacrerons un prochain ouvrage », qui ne vint pas. À l'inverse, les livres, ceux qu'il a bel et bien écrits, sont aussi le résultat des rendez-vous qu'il s'était fixés, mais sans les dire. Ses livres sont des reprises, bien plus que de vrais commencements. *Les mots* ont été « écrits » au moins deux fois sur dix ans, le *Flaubert* plus encore sur quinze, *L'être et le néant* a été d'abord esquissé dans les carnets de guerre et, si l'on feuillette les carnets ou la correspondance, on peut y trouver nombre des thèmes évoqués en passant, qu'il reprendra, travaillera et dont il fera selon les cas et l'importance des articles des *Situations* ou des livres.

Les idées guettaient son retour, comme celui du fils prodigue des Évangiles. Les livres en cours, abandonnés, repris, ressemblaient alors à des pierres qu'il n'aurait cessé de jeter devant lui pour combler les béances que son esprit avait ouvertes dans le monde.

Il était malgré tout fasciné par ce qui restait à faire, mais pas au sens où d'ordinaire on entend ce « reste » : ne pas finir ses livres était pour lui une chose apaisante, une sorte d'assurance à rebours prise sur l'avenir. Ce que nous voyons comme un manque, des trous dans le vêtement, ce sont des pièces d'étoffe certes absentes, mais qu'il ne tiendra qu'à lui, le moment venu, d'ajouter au drapé des pages. Il connaît ces vieux manteaux, leur coupe, le tissu qui leur convient, il en a de reste précisément, de ce tissu-là, dans la boutique, et plus qu'il n'en faut. Ce qu'il laisse derrière lui, il l'a tout aussi bien devant : ce qui n'est pas fait est à faire, avec cela on a un programme pour l'éternité. Ne jamais en finir avec l'écriture. Non pas ciseler dans le marbre la figure qui, achevée, vous laisse désœuvré devant la statue faite, tout son beau marbre dilapidé ; il fallait plutôt s'arranger pour viser juste, et dans ce bloc immense tailler d'abord un Apollon, tout en laissant de côté du matériau pour plus tard.

C'était combiner en solitaire une sorte d'économie domestique et bourgeoise, presque frileuse, à l'opposé de ses habitudes de vie. Ainsi, il n'aimait l'argent que pour le dépenser, pour qu'il file entre ses doigts sans qu'il en reste rien de concret, par exemple dans une *soirée*. Il n'aimait pas acheter des biens, ni posséder. Il vécut à l'hôtel puis chez sa mère, comme de passage. Il était célèbre pour le faste presque offensant de ses pourboires, qui sont dans la dépense le plus inutile de celle-ci, un ajout d'auteur, un *post-scriptum* de dépensier dans l'âme qui ne veut pas en avoir déjà fini avec elle. Pourtant, au même moment, il ne se déplaçait jamais sans avoir sur lui de grosses liasses de billets, des sommes considérables, sans rapport avec ses besoins quotidiens. Fasciné par sa capacité de travail et sa rapidité d'exécution, il comprenait qu'écrire revenait à dépenser le livre. Alors, il s'interdisait d'aller au bout par sécurité d'auteur et crainte d'enfant devant la misère et le dénuement. Il avait ainsi disséminé un peu partout dans ces livres plus interrompus qu'inachevés de discrets garde-manger, en cas de disette. La fin qui manquait, la partie qui n'avait pas été écrite mais qui pourrait l'être lui faisaient d'étranges poires pour la soif, subrepticement remisées dans de petits paniers où il savait pouvoir revenir puiser en cas de besoin. Des liasses de pages possibles traînaient dans ses livres, où il pouvait plonger la main et, palpant leur volume, se rassurer à leur contact.

S'il écrivait autant, c'était bien moins pour solder ces petits passés encombrants, les livres, que pour s'ouvrir de nouveaux futurs. Il faisait en somme des provisions de perspectives. Il veillait à ne pas trop utiliser les « acides » dont il parlait dans *Les mots*, et ne voulait pas ronger le livre jusqu'à l'os.

Alors qu'il n'en finissait pas avec son grand *Flaubert*, il se réjouissait ainsi devant son secrétaire : « Après mon *Flaubert*, il ne restera plus rien à dire sur le bonhomme ! » C'était jouer avec ses peurs. Où le conduirait le vieux rêve de tout dire, une fois comblé, sinon au silence, qu'il redoutait ? Bonheur ou malheur, hasard ou non, bien sûr, il ne finirait pas le *Flaubert.*

À part

Les mots étaient le seul véritable inachevé qui le troublât. Il parlait toujours d'aller au-delà : en 1971 il évoque encore le projet d'un « testament politique de caractère autobiographique ». Ce serait reprendre *Jean sans Terre* où il l'a abandonné, à peu près au même moment où *Les mots* s'achèvent, vers ses douze ans. Un testament... « Je sais bien qu'il sera écrit mais je n'en ai pas encore tracé une ligne et j'ignore quand il se fera. » Il méditait toujours d'effacer l'enfant sous l'adulte. Il aurait voulu une bonne fois pour toutes dissiper les malentendus nés à la lecture des *Mots*, pour tous ceux qui en seraient restés au petit livre et eussent cru que lui non plus n'était pas allé plus loin qu'un enfant qui voulait écrire. Et puis rien ne venait, pas même une esquisse ou un départ, quitte à s'interrompre une fois parvenu à l'âge de ses vingt ou trente ans ; mais jamais, ni dans *Jean sans Terre,* ni dans ce testament qu'il n'écrirait pas, il n'avait réussi à ajouter un mot à l'enfant de douze ans. Cela ne changerait plus. Comme fichée en travers de sa gorge pour l'empêcher de parler, l'enfance avait eu le dernier mot.

À la toute fin, il aurait des idées étranges pour ses derniers livres écrits à plusieurs mains, *On a raison de se révolter, Pouvoir et Liberté.* De ce dernier il disait en 1977 qu'il devrait exprimer un « nous ». C'était quelque chose de « neuf », il le faisait comme « une dernière œuvre et en même temps comme une œuvre à part qui n'appartient pas à l'ensemble ». « Je veux avec toi... faire une œuvre qui est par-delà mon œuvre propre puisque [...] je suis mort en ce que mon œuvre est terminée. » Un écrivain peut-il dire « nous » ? Faute de pouvoir cette fois tout recommencer, ou même poursuivre, il inventait cette autre chose en deçà ou par-delà. Il précisait tout de même à son interlocuteur et coauteur de cet objet curieux : « Le livre que nous faisons actuellement est un livre par-delà les choses écrites »... À bien l'entendre, il ne se déjugeait pas : le partage avec un autre pouvait commencer seulement là où l'écriture avait fini.

5

Théâtre : les ombres

Une pièce d'un appartement moderne, avec vue sur des toits et, au-dessus, qui domine tout, d'un bleu nuit un peu sinistre, la tour Montparnasse. Deux hommes assis dans des fauteuils. L'un, jeune, avec des lunettes et un pull à col roulé : l'autre, tassé, plus vieux, il porte aussi un pull à col roulé et de grosses lunettes désuètes. Ils parlent. On entend vaguement des mots comme « liberté » « révolte » « militant » « pouvoir ». Au fur et à mesure de l'entretien, le jour décline ; à la fin, il fait tout à fait sombre, mais c'est comme s'ils ne s'en apercevaient pas, ils n'allument pas les lampes. Entre eux, sur la table, un magnétophone tourne lentement. À un moment le jeune homme change la bande du magnétophone sans que le vieil homme s'en aperçoive (il continue de parler), le jeune homme lui demandera après avoir changé la bande : « Tu disais ? »

La voix jeune : « Et si tu faisais un roman populaire, utile aux masses ? »

La réponse suivait, tout à la fois sinueuse et précise. La voix célèbre se tenait sur l'aigu et égrenait les motifs qu'un roman populaire, cela n'allait pas de soi, qu'il faudrait savoir ce que c'était, avoir du temps pour chercher la réponse et l'écrire, et ce temps, il ne l'avait plus ; que le livre en cours, le *Flaubert*, à sa manière pouvait être utile aux masses, dans une perspective il est vrai où celles-ci changeraient — n'y travaillait-on pas, à commencer par eux deux en ce moment même, qui dialoguaient ?

L'écrivain perçait sous le propos : je ne peux pas changer mon livre, mais le public, pourquoi pas ? L'ancien khâgneux eût pu ajouter qu'un roman « utile » était un énoncé absurde, qui se détruisait lui-même, que le roman et l'art en général se définissaient justement par leur parfaite inutilité, mais l'homme en avait déjà assez dit pour ne pas ressusciter un moribond raisonneur. Il en avait assez dit en effet : qu'il n'écrivait plus de romans depuis des années, qu'il était trop vieux pour recommencer, surtout pour un objet aussi inattendu que le roman « populaire et utile aux masses », et puis, il avait un livre à finir, son *Flaubert*. Au fond sa réponse tenait en une ligne : on fait les livres qu'on peut, voilà tout ; il n'y a rien à ajouter, ni regrets, ni remords, ainsi qu'à certains enterrements on précise, sur les faire-part : « Ni fleurs, ni couronnes. »

L'autre, assis en face de lui, n'en démordait pas : le vieil homme n'était pas si vieux, ses réponses pas aussi arrêtées qu'il voulait le faire croire. Dans le refus gentiment réitéré, il voyait tantôt un manque de foi en l'avenir — et il en avait pour deux, pour plus même, pour les masses, ce qui faisait du monde —, tantôt un caprice de vieillard, ce qui revenait au même : croire aux limites, à celles du corps, de l'Histoire, et donc ne pas croire à la politique qui peut tout puisqu'elle exige tout. Il retendait le calice, poussait du coude la figure qui s'assoupissait : un roman populaire, tout de même, ce serait bien. Il y croyait, lui, comme il croyait au vieil homme qui pourrait l'écrire. Il ne fallait pas être si pessimiste.

Au théâtre, on récrirait la scène, sans changer le dialogue, avec cette indication de l'auteur : « *Même jeu.* »

On jouerait ensuite des scènes d'extérieur où on verrait le vieil homme avec sa canadienne chocolat à col en fausse fourrure monter dans une camionnette, se dissimuler sous les couvertures, pour resurgir une fois franchies les portes d'une usine — on saurait que c'est une usine parce qu'on aurait peint en rouge sur un carton, au-dessus des portes, l'inscription : USINES RENAULT, BILLANCOURT. Une autre fois, devant le même carton peint, il monterait sur un bidon jaune et prononcerait un discours dont on entendrait dans le public des bribes comme : « ... procès Geismar... mais c'est le peuple qu'on juge ». Pour ces deux scènes, on aurait ajouté quelques acteurs, ses nouveaux comparses de ce théâtre d'ombres et de carton-pâte : d'abord des types — ils auraient absolument l'air de types, des hommes vagues et presque généraux dans leurs traits d'homme, tous avec des bleus de travail, la plupart une cigarette au bec. Ce sont les ouvriers, ils ont l'air fatigué ; ils font la foule, maigre ; ils s'arrêtent, écoutent le vieil homme, se regardent, le regardent, ils ne sont pas hostiles, mais plutôt circonspects, comme s'ils ne savaient pas qu'on se trouve au théâtre et qu'ils jouent devant un public. Ils n'ont pas de texte, ils sont les profils perdus de cette peinture montée sur scène. Ensuite viendraient des gars dans une sorte d'uniforme bleu nuit, pantalon serré, blouson de cuir ; plus jeunes, ils sont nerveux ; ils arrivent rapidement ; ils ont des casquettes, des matraques, et l'air furieux. Autour du vieil homme, il y a aussi quelques jeunes (ceux qui étaient dans la camionnette, ils sont barbus, ont les mêmes pantalons serrés que les nouveaux arrivants, mais avec en plus des couleurs, orange, marron, et leurs pantalons sont plus larges au niveau des pieds, où ils font comme des soufflets). Les jeunes s'agitent et disent : « Gaffe ! voilà les vigiles ! » On les verrait ensuite se retirer en entourant le vieil homme. Ils sortent tous de scène, lentement, comme poussés dehors par les gars avec les blousons qui avancent vers eux, au même rythme. Cet affrontement serait très violent à regarder, même et parce que les personnages ne se touchent pas.

Puis on le verrait encore, avec un col roulé blanc, sur son petit ventre de poulet déplumé, un blouson sur le dos, la mèche au vent, l'œil en bataille, distribuer à la volée des journaux dans une rue, tandis qu'un vieux magnétophone depuis les coulisses débiterait en crachant : « *La cause du peuple,* lisez *La cause du peuple.* » Plus la scène avancerait et plus il se montrerait décidé dans ses gestes, il s'enhardirait comme les philosophes ont bien dit que pour réfuter les paradoxes de Zénon on doit prouver le mouvement en marchant. Il tendrait un journal à une ménagère, qui reculerait avec un beau mouvement de retrait de tout le corps, comme les Vierges de l'Annonciation en ont devant l'Ange qui leur présente un lys, puis il en donnerait un à une mère de famille, qui attraperait son enfant dans les bras, comme elles le font toujours dans les scènes du massacre des Innocents. Ensuite, on apercevrait des policiers en uniforme ; ils auraient l'air gêné. Le mouvement des personnages serait très lent, à l'image des ralentis au cinéma, et le vieil homme serait conduit avec ménagement dans le fourgon de police (ce serait la camionnette de la scène précédente, avec seulement marqué POLICE dessus). Un instant son visage apparaîtrait derrière la grille du fourgon, avec quelque chose de dur dans l'image qui tient au poignant de tous les adieux, quand ce n'est pas fini encore mais qu'on est déjà un peu séparé. Sa bouche serait ouverte comme s'il voulait parler, ou cherchait sa respiration ; pourtant l'œil serait vif, amusé. Lui qui, racontait Simone de Beauvoir, avait toujours eu pour certaines choses beaucoup de respect humain, et ainsi refusait, à Rome, d'emprunter de l'argent pour quelques heures à un hôtelier qu'ils connaissaient depuis des années, ou qui répugnait à demander son chemin dans la rue, parce qu'il n'aimait pas parler à des inconnus, il était passé sur tout cela pour se transformer en un bonimenteur précieux, pour la Cause.

On le découvrirait enfin dans un bureau enfumé et en désordre, avec des jeunes affairés autour de lui. Tout le monde parlerait en même temps. Des coupures d'article, des bribes d'œuvre sont étalées sur une table. Devant lui, les pièces d'un puzzle qu'il ne servirait à rien de chercher à rassembler. Où est-il ? Pas dans son bureau où il devrait faire ses livres, boulevard Edgar-Quinet à présent, depuis que son propriétaire du boulevard Raspail lui a demandé de déménager. Peut-être est-ce à *La cause du peuple*, ou aux débuts du journal *Libération*, alors sa vue aurait baissé. Ou dirige-t-il un dernier opuscule gauchiste, *Tout*, ce qui est une manière bien improbable d'accomplir enfin, dans ce dernier nom, comme on touche au port, son programme de littérature prodige ? Était-il devenu tout, ou seulement ceci : un vieil homme qui renie sa famille une ultime fois, le *pater familias* indigne qui va s'amuser chez les filles plutôt qu'assister en silence aux mornes repas de famille ; l'enfant vieilli qui a cassé son jouet de toujours, le plus cher de ses compagnons, la langue. Il vivait désormais entre les pages de journaux, au milieu des pétitions et des appels incessants à tout et rien, entouré des morceaux de langage qui vont avec les manifestes. Tropes et phonèmes gauchistes courent sans maître sur les pages qui sous le poids de cette cavalcade de bêtes folles se mettent à bégayer ; il semble s'en trouver bien. Pareils à la note unique d'un concert simplifié, les textes qu'il approuve en mettant son nom sur la couverture des journaux sont un déni de la langue, une abjuration de celle-ci au profit de son pire adversaire, le slogan, comme un rappel déformé de l'idée qui emploie les mots et se moque bien de ce qu'ils sont, qui leur fait dire ce qu'elle a dans la tête sans dévier d'un pouce de sa ligne. Ce n'est plus la pensée du solitaire mais des phrases toutes faites, sans vrai auteur ni surprise ; en elles, les mots sont des choses figées dans la rhétorique bavarde des militants. Voilà ce que sont devenues sous ses doigts les petites pincées de rêve des débuts, de courtes carcasses, un cimetière de petits os brisés parmi les tombes renversées : la langue dévastée en ultime vengeance, un roi Lear marchant sur la lande que bat un vent hurleur. À quoi bon écrire à ce compte où tout est certain de ce qu'on dira et que chacun pourrait dire ? Le peuple parle au peuple, cela fait bien du bruit et cependant personne ne s'adresse à personne. Cette langue est morte, elle sort tout écrite d'une bouche noire. Est-ce que pour ne plus écrire bientôt, il faut que la langue se taise en lui ? Alors, il ne supportera plus que des sons trop connus, un idiome gauchiste, une oralité bavarde, comme, aveugle, on se guide au bruit, mais qu'en soi tout est devenu silence.

Pour une variante qui aurait été abandonnée au dernier moment, on aurait fait apparaître sous le projecteur un petit enfant avec des boucles blondes et un sac à ses pieds d'où il aurait extrait une à une des marionnettes pour les poser avec soin sur une chaise de jardin devant lui. Une pancarte aurait indiqué : JARDIN DU LUXEMBOURG, ANNÉE 1915. L'enfant aurait pris délicatement une marionnette dans ses mains et il se serait mis à lui parler, presque visage contre visage, comme à une personne vivante. On aurait entendu les syllabes d'un babil enfantin et pas du tout compris ce qu'il disait jusqu'au moment où le vieil homme, à la table, aurait levé la tête et prononcé des noms les uns après les autres comme s'il en cherchait un en particulier sans parvenir à se souvenir. Le vieil homme aurait murmuré : « Pineau ? », « Behar Behala ? », « Papinski ? » Tous ces noms ne nous auraient rien évoqué parce que ce sont des noms de gens, de vrais gens pour qui il avait signé des appels et des pétitions : Pineau parce qu'il avait renvoyé son livret militaire, Behar Behala, brutalisé par la police pour le vol d'un yaourt, ou Papinski, radié de l'Éducation nationale pour avoir contesté une note d'inspection. Et il avait signé, protesté, pour eux et pour tant d'autres, sans les sauver toujours, et encore moins de l'oubli où ils sont tombés depuis. Soudain, il aurait semblé trouver ce qu'il cherchait. Il aurait dit distinctement en regardant devant lui sans remarquer la présence de l'enfant : « Bi-Ba-Bo », ou encore : « Ça me rappelle Bi-Ba-Bo », la marionnette préférée, que l'enfant sur scène tenait justement dans les mains. Et certains voulaient même, puisque c'était la marionnette dont la tête était amovible, qu'on y mette à cet instant celle du vieil homme, pour le bel effet de miroir que cela produirait. C'était même à cause de cette idée de mise en scène qu'on avait au dernier moment renoncé à jouer. « Non, ça leur ferait trop plaisir », avait dit quelqu'un et, bien qu'il n'ait nommé personne, tout le monde avait eu l'air de comprendre de qui il voulait parler.

De loin en loin, le vieil homme disait que la presse gauchiste était aussi menteuse que la presse bourgeoise, et qu'ils avaient tous de considérables progrès à faire. Et puis, l'écrivain les plantait là avec leurs grelots à la place des mots, et il retournait au *Flaubert*, qui en consommait des quintaux, de bons, vrais, lourds, des mots écrits, comme autrefois il en avait l'usage pour ses plus gros ouvrages. Il arrêta de travailler son texte six mois pour le lancement de *Libération*, au début des années soixante-dix. C'était la première fois qu'il arrêtait de travailler aussi longtemps depuis la guerre, se rappelait-il, comme étonné lui-même d'avoir été capable pour une fois de ne rien faire.

On reviendrait ensuite au bureau de l'appartement et au couple du début. Le jeune dirait :

« Et si tu faisais un roman populaire ?

— On fait les livres qu'on peut », reprendrait doucement le vieil homme.

Rideau.

On aurait vu *Les derniers jours de Jean-Paul Sartre*, pièce en tant d'actes qui seraient pour nos yeux d'aujourd'hui autant de gestes, de montre, d'esbroufe pour rien, dans un drame de la vieillesse qui nous dissimulerait un désarroi d'écrivain qui bientôt ne pourrait plus écrire, un dernier coup de pied de l'âne du vieil homme à la langue. Tel Proust envoyant les meubles de sa mère au bordel, Sartre confiait les diamants de sa cassette, les mots, aux jeunes gens de l'époque. Ceux-ci n'y voyaient que du feu, et même pis : de la verroterie, toute une pacotille sans éclat, comme si plus encore que le sien qui était mort, leur œil de débutants qui ne commençaient rien était demeuré terne. Il avait fait dans *Les mots* un court portrait des jeunes gens de l'époque qu'il détestait le plus : « Des dandys qui écrivent comme des bouchers. » Il ne supportait pas les héritiers distingués de l'idéal littéraire : des assassins, comme on l'est quand on prétend préférer les mots aux êtres. Alors, tournant le dos à ces faux chevaliers, déterminé et minutieux, il tendait une à une les bûches aux jeunes gauchistes qui autour de leur bûcher allumé pensaient être les premiers dans l'Histoire qui en finiraient avec la littérature et les belles choses.

Puisque pas plus que lui le public ne se déciderait à quitter le théâtre, on laisserait passer sur scène les silhouettes des femmes qui se succéderaient à son chevet du boulevard Edgar-Quinet, le Castor, la fille adoptive Arlette, Wanda qui était toujours là, puis Michelle qui avait été l'épouse de Vian, et encore quelques autres, Liliane, ou la femme grecque. Elles passeraient, se croiseraient, mais ne se parleraient pas ou alors pour échanger des mots plats comme « Il a bien dormi », « Il s'est couché à... levé à... », « Hier il y avait un western à la télévision et il a très bien reconnu John Wayne ». Le vieux corps sartrien n'avait en effet pas quitté ses habitudes : tout récalcitrant qu'il était devenu, le peu qu'il lui restait à distribuer, il le transformait en temps, le répartissait encore par tranches entre les amies fidèles, chacune avait son heure, sa soirée, ou l'été ses semaines de vacances : un peu pour Wanda, plus pour Arlette, la plus belle part, tout un mois, pour Castor.

L'obstiné Ulysse, à la fin du voyage interminable, se confondait dans sa vieillesse avec la fidèle Pénélope. Les amantes de toujours ainsi que les dernières venues reprenaient le rôle des Prétendants dans le palais désert. Lui, pendant ce temps, continuait la tapisserie du *Flaubert* et puis il l'arrêterait.

Un acteur viendrait sur scène, avec un exemplaire des *Mots* dans l'édition de poche (on serait dans un théâtre populaire), il l'ouvrirait à la page 97 et lirait d'une voix imitée d'enfant : « J'effaçais tout, je recommençais. »

Un beau jour, il se résoudrait à ne plus enregistrer que des entretiens, avec Pierre Victor à Paris, avec Simone de Beauvoir à Rome. Pourquoi pas ? Qui sait ce que fit Ulysse le vrai, une fois revenu à Ithaque ? Il fallait bien poursuivre avec les mots, les dire à défaut de les écrire, penser comme il le pouvait, sans le support de la page. Sans plus pouvoir écrire, si jamais la question a un sens, était-il encore lui-même ? Soi-même, on l'est toujours, même une fois réduit à seulement se ressembler. Il continuait de négliger le confort : il allait s'asseoir à sa table de travail, même quand il ne pouvait plus écrire, pour lire, même quand il ne pouvait plus lire. On joue son rôle et puis vient un moment où on cesse d'être le plus apte à même tenir sa place. Un acteur à présent remplirait mieux la fonction que nous occupions et que nous avions pris l'habitude d'appeler notre vie. Le Castor à la fin douterait pour les derniers entretiens qu'il publierait avec Pierre Victor dans *Le Nouvel Observateur*. Ce n'est pas vous, dirait-elle, et elle pleurerait.

Quelque temps auparavant, elle avait eu ce mot terrible : « Il n'invente plus. » De rôle-titre, on se retrouve soudain le figurant de sa propre existence.

Si je devais ajouter encore une scène à toutes ces scènes qui ont eu lieu, j'y ferais, par fidélité à ses goûts, la peinture d'une absence. Il s'agirait d'un regret. C'est là qu'on se voit le mieux, tel qu'on aurait voulu être et tel qu'on n'a pas été.

Dans les carnets de guerre, il était revenu sur les mots qu'il affectionnait, « pullule » ou « bulle », pour évoquer à leur sujet le « foisonnement multicolore et pur de ces ballons que les marchands du Luxembourg vendaient alors, accrochés à un long bâton ». Se reconnaissant dans l'enfant qui aimait regarder les beaux ballons flotter dans l'air (on pourrait trouver une trace de cette affection dans la description du cerf-volant, dans *L'être et le néant*), il ajoutait la pensée qui lui était venue avec ce souvenir, une pensée qui nommait déjà la nostalgie d'un jeune écrivain : « On voudrait n'écrire qu'avec ces mots-là, mais... »

J'arrêterais ici la phrase — il la poursuivait dans les carnets, donnant les raisons qui l'avaient fait écrire autrement qu'avec ces « mots-là ». Ce serait alors à chaque spectateur de refaire le chemin qu'il avait suivi, et de comprendre ou d'imaginer comment une œuvre peut à la fois être une totale affirmation de soi, et, aussi bien, tenir tout entière derrière un « mais ». Parce qu'on ne fait pas toujours ce qu'on veut, ou que, pour faire ce qu'on veut, il faut renoncer à d'autres joies ? Toute œuvre, alors, est une prétérition.

6

Le dernier livre

Septembre 1970 était noir pour les Palestiniens écrasés sous les bombes en Jordanie : il fit des meetings de soutien. Octobre fut lumineux : il déposa une pile imposante de papiers sur le bureau de son éditeur. Six mois plus tard, revenant de ses vacances à Saint-Paul-de-Vence, il ouvre à son domicile une caisse remplie d'exemplaires de *L'idiot de la famille*. La caisse contenait, répétés par dizaines, deux volumes et deux mille pages imprimées. « Il m'a dit que cela lui faisait autant plaisir que la parution de *La nausée* », écrit Castor attendrie, comme, parce qu'elle vous a touché, on rapporte une de ces naïves confidences qui se chuchotent seulement dans les chambres avant que s'éteigne la lumière.

Du premier au dernier livre, c'était encore la même magie : celle qui épate le badaud devant qui on a découpé une femme sur scène et qui la voit, le numéro fini, gambader jusqu'à son fauteuil ; et encore l'émerveillement de l'enfant qui découvre sous l'arbre de Noël la boîte du petit chimiste, et puis celle de l'écrivain, devant l'alchimie prodigieuse du livre qui rejoue à chaque fois la cérémonie de la transmutation du plomb en or. On troque des sécrétions personnelles, toutes fripées de son encre et de son papier, parcourues de son écriture, qu'on connaît trop bien désormais pour la faire jouer à être un livre. Une masse de papiers froissés quitte une pièce enfumée, en retour on reçoit par la poste de beaux objets marmoréens, impersonnels en diable, gravés dans la pierre, lisses et nets comme si on les avait lavés à grande eau : les livres. Devant son *Flaubert* en caisse, il peut oublier pour un moment que le livre n'est pas fini. Il en est à la moitié, selon son plan de route.

On fait les livres qu'on peut, répondait-il au jeune mao qui l'interrogeait. Était-ce si sûr ? Était-ce encore un livre, ce qu'il avait commencé, *L'idiot de la famille*, dont il venait de relâcher d'un coup les deux premiers volumes et leurs deux mille pages ? Il avait raillé dans *Les mots* un de ses défauts d'enfant : « Il ne me venait pas à l'idée qu'on pût écrire pour être lu. » À quelle sorte de lecteur pensait-il alors pour ce livre dont le genre n'était pas défini, ni la taille arrêtée ? Il savait heurter de front le public de Flaubert : il démontait les légendes dont l'auteur s'était entouré. On ne pouvait se tromper sur les intentions acides du livre, il prévenait dès le titre qui transformait le génie en *idiot*, le cygne blanc en vilain canard ahuri. Le lecteur ne préférerait-il pas garder ses fables, qui réchauffent le cœur si elles n'éclairent l'esprit ? Le livre montrait un Flaubert qui sans Sartre serait resté inédit : un incapable, un minus, un jobard aussi, qui jouait à l'ogre et au géant, un hâbleur qui donnait à tous et d'abord à lui-même la comédie du labeur énorme, voulait vivre tout éveillé le songe éternel de la vie sacrifiée à l'œuvre. Flaubert ne travaillait pas tant que cela, expliquait paisiblement Sartre, qui s'y connaissait en la matière. Il faisait semblant. Pour perdre du temps, laisser penser qu'écrire est difficile, autrement plus difficile que d'être l'avocat ou le médecin qu'on avait voulu qu'il fût et qu'il n'avait pas été capable d'être, faute d'aptitudes à l'étude. Il peinait, tempêtait, par habitude, pour épater sa mère Caroline qui n'aimait que son frère Achille, médecin comme son père Achille-Cléophas, pour impressionner le chaland qu'il méprisait pourtant, pour justifier ses rentes, et puis parce que vivre eût été de toutes les manières au-dessus de ses forces. Sartre prenait des centaines de pages pour redire à propos de Flaubert ce qu'il avait dit rapidement de Baudelaire : « Il a recherché toute sa vie l'infécondité. » Vis-à-vis des amoureux de Flaubert, aristocrate de naissance, damné de la prose, saint et ermite qu'on avait envoyé au martyre à notre place, la baguette magique du parvenu Sartre venait jusque dans leurs mains transformer l'or qu'ils croyaient posséder en un vulgaire métal : Flaubert était toc, les bijoux de la famille et l'exemplaire sur velin relié du grand-père ne valaient pas un clou. *L'idiot de la famille* à ce compte, c'était le lecteur qui s'était laissé raconter des sornettes. Sartre avait écrit un grand livre sur Flaubert mais aussi sur le bovarysme en littérature, une maladie répandue chez les écrivains et leurs lecteurs — (dont il présentait lui-même certains des symptômes, ainsi son affection durable pour Rimbaud, Cézanne ou Gauguin).

Pour qui alors était ce livre ? Il ne pouvait songer à « son » public comme à une personne amie qui le suivrait n'importe où, par sympathie. Il ne s'était jamais vu en guide. Il n'avait guère été servi de ce côté-là, connaissant plutôt des succès de scandale, ou des réconciliations provisoires, comme celle des *Mots,* qu'avait permise un texte en apparence classique, et surtout bref. De son côté, il n'avait jamais ménagé le lecteur. Il avait multiplié les embardées, à le suivre on avait attrapé le tournis. Il annonçait des suites qui ne venaient pas et commençait des ouvrages nouveaux sans prévenir, cela lasse les lecteurs qui aiment les continuités sages et les patientes édifications. Et puis, son vrai public, c'était le seul Castor ; pour le reste il aurait pu dédicacer tous ses livres « À qui voudra » sans s'embarrasser de plus de précisions. Il ne s'était pas privé de brouiller les cartes, même avec le lecteur privilégié auquel la dédicace adresse publiquement chaque livre. Privilégié, encore faut-il s'entendre sur ce mot. Les dédicaces sont des hommages aux victimes consenties des livres. On dédie un livre à celui ou celle contre qui il a été fait, puisque c'est loin de cet être qu'on est allé joué à se faire auteur. Sartre, à l'occasion, faisait réaliser par son éditeur des exemplaires à part où il changeait la dédicace de l'édition publique au Castor pour la remplacer par le nom d'une autre femme. C'était moins tricher que rendre bonne justice à ses vraies victimes, celles qu'il avait pour de bon délaissées dans les pages, quand le Castor demeurait la seule complice de toute écriture.

Cette fois, il ne prendrait même plus la peine de donner le change. À chaque phrase qu'il ajoutait au manuscrit, il pouvait compter un lecteur de moins. Il faisait en vérité place nette. L'auteur avançait vers le centre de son livre, il y serait bientôt seul, comme au milieu d'un labyrinthe où on n'entre ni ne sort. Il avait depuis longtemps égorgé la bête maudite qui l'habitait avant lui : le minotaure Flaubert agonisait pattes en l'air quelques chapitres plus haut sans que notre Thésée songeât à ressortir. Les maos furent les seuls à sentir toute l'inhumanité de son projet. Avec leur idée un peu naïve du « roman populaire » qu'ils opposaient à son livre sur un écrivain bourgeois du dix-neuvième siècle, ils cherchaient surtout à ramener des lecteurs jusqu'à cet écrivain qui avait subitement choisi de s'en passer. Ce qui était « inactuel », et pour longtemps, dans le livre de Sartre, ce n'était pas comme on le lui reprochait d'écrire en 1970 sur Flaubert mais bien d'écrire un livre que personne sans doute ne pourrait lire.

Mais s'occupait-on encore de ce qu'il faisait ? Une anecdote parmi tant d'autres éclaire le climat des dernières années. Le directeur d'un hebdomadaire où il avait souvent publié des articles reçut de Sartre ses dialogues avec Pierre Victor. Castor y vit un premier et unique reniement, les proches des *Temps modernes* aussi, qui intervinrent auprès du journal pour demander qu'on surseoie à leur parution. Sartre insista pour qu'on les publie, il appela à son tour le journal et nota ironiquement que ses proches le traitaient comme un mort dont on « jugeait inconvenant qu'il ose se manifester encore ». Qu'eût-il pensé alors à entendre le directeur du journal confier la réaction « professionnelle » qu'il avait eue en découvrant le texte et sa signature : « Sartre, ça se publie... » Mais restait-il quelqu'un pour se demander si cela se lisait encore ?

Le livre *Flaubert* venait après un silence de sept ans. En sortant deux volumes ensemble en 1971, il semblait surtout penser à lui : mettre le livre en librairie pour y croire. Le lecteur se voyait asséner d'un seul coup son poids de papier. C'était récidiver — n'avait-on pas déjà ironisé pendant la guerre sur le poids, un kilo, de *L'être et le néant*, qui servait moins à lire longtemps qu'à peser commodément les rutabagas ? C'était plus qu'une rechute de la maladie dont *Les mots* avaient pu passer pour la rémission : l'écrivain Sartre reprenait ses mauvaises habitudes, il faisait long quand on devait faire court, par politesse ou réalisme. Il avait autrefois, agacé, tenu à rappeler quelque vérité d'évidence sur les longueurs, dans un article paru en 1945 où il étrillait Jules Renard : « Il a cru toute sa vie que le style était l'art de faire court. Et sans doute est-il vrai que l'expression la plus concise est ordinairement la meilleure. Encore faut-il s'entendre : relativement à l'idée qu'on exprime [...]. Il ne lui est jamais venu à l'esprit qu'une idée peut prendre corps dans un chapitre, un volume, qu'elle peut aussi [...] être inexprimable et représenter une méthode pour envisager certains problèmes, c'est-à-dire une règle du discours. » Le *Flaubert* ressemblait à cet inexprimable porté sur des milliers de pages, l'interminable livre d'un écrivain sur un autre écrivain, comme si la question posée ne pouvait se résoudre, sans être perdue. Tout devait s'éclairer, disait-il, dans le quatrième tome, qui traiterait du style de Flaubert dans *Madame Bovary*. Le livre avait donc bien un terme, l'auteur avait dans sa construction immense pensé à tout et même à la sortie. Mais ce volume-là, qui l'amusait moins, il commencerait de le travailler, mais il ne l'écrirait pas.

« Il y a eu tout de suite des critiques très chaleureuses » à la sortie des deux premiers volumes, écrit Simone de Beauvoir dans *La cérémonie des adieux*. Chaleureuses ? Le livre ne l'était pourtant pas — et quel bon livre le serait, d'ailleurs ? Deux volumes seulement et déjà deux mille pages, cela faisait plutôt froid dans le dos aux contemporains convoqués au chevet d'un trop long gisant. Chaleureux... La catégorie n'est pas courante dans la critique. Chaleureux, on l'est parfois avec un auteur : quand on ne peut pas l'être avec son livre. Dans les rédactions des journaux, on se défilait pour ne pas avoir à faire l'article. Et puis, il ne semblait pas s'être averti de l'existence de la concurrence. On n'était plus aux temps de l'après-guerre où il exerçait son magistère en période de pénurie, le désir de grand homme pouvait depuis trouver à se satisfaire ailleurs avec Foucault, Lévi-Strauss, Lacan, Barthes.

Il défendait son livre : le *Flaubert* était une sorte de roman, presque un policier, mais une fois complété d'un troisième volume qu'il ajouterait en 1972, il ferait tout de même trois mille pages. C'était aggraver son cas : s'il ne l'avait écrit, l'aurait-il lu, ce livre ? Il avait en somme rompu le lien ultime qui nouait encore l'écriture à ses conséquences. Qu'il fît des livres, cela ne se discutait plus, sa signature suffisait seule à ce qu'ils parussent, à peine se préoccupait-on de ce qu'ils contenaient. À ce compte l'éditeur était devenu un prête-nom, une transparence glissée entre deux feuilles du manuscrit pour qu'il prenne plus vite l'encre des presses. Pour finir, il s'était même dispensé des lecteurs. Les gêneurs écartés jusqu'au dernier, il pouvait enfin s'ébattre à son aise. Trois mille pages publiées, et d'autres à suivre pour écrire un seul mot « Flaubert », et prouver qu'on ne sait pas ce qu'on dit quand on dit « Flaubert ».

Des milliers de pages pour dire que les mots ne savent pas ce qu'ils disent et que peut-être ils ne disent rien. Le gros livre rejouait la scène de l'écriture commencée par une inscription sur un mur où un coup d'œil d'enfant suffisait à lire : « M. Barrault est un con. » Parvenu à l'autre bout de la vie, on déchiffrerait patiemment dans un gros livre ce que Flaubert était.

Beaucoup plus tôt, en 1954, tout avait commencé par un jeu. Il était proche du Parti et espérait, faute de mieux, que cela durerait. Cette « chevalerie » communiste, selon son mot, avait ses règles, on ne l'y avait d'ailleurs adoubé qu'à demi. Il était ainsi fait qu'il n'inspirait pas confiance aux organisations. Pour être efficaces, ces choses d'adultes transforment souvent les adultes en choses, à quoi il ne se résignait pas, lui qui n'avait pas tout à fait replié l'enfant dans l'adulte. Les communistes, embarrassés pour l'employer, imaginèrent une joute. On prendrait un personnage quelconque, lui proposa-t-on. Leur champion, Garaudy, expliquerait ce quidam selon les méthodes marxistes, Sartre au moyen des méthodes existentialistes. Dieu trancherait dans la lice entre ces parfaits athées qui ne manquaient pas d'optimisme ni d'entrain. Il y a des efforts dont on perd vite l'habitude, faute d'en ressentir la nécessité. Les facéties d'Anciens font rire à présent : qui chercherait à expliquer un homme aujourd'hui ?

Les communistes avaient choisi le terrain où s'affronter, ils laissèrent courtoisement à Sartre celui du quidam. Un quidam ? Cela ne se trouvait pas aisément dans ses fréquentations. Sans doute fronça-t-il les sourcils et puis, au bout d'un silence, il dit, tranquillement : Flaubert, Gustave, un illustre inconnu. En trois mois, il écrivit beaucoup sur des cahiers. Il vit l'occasion d'en faire peut-être un livre. Il bâtit aussitôt après une étude de mille pages, une broutille, qu'il abandonna en 1955. Puis ce serait, vers 1959, le *Flaubert* pour de bon, jusqu'à la fin.

Son désir d'écrire sur Flaubert venait de loin... « Vingt fois je relus les dernières pages de *Madame Bovary* ; à la fin j'en savais des paragraphes entiers par cœur sans que la conduite du pauvre veuf me devînt plus claire : il trouvait des lettres, était-ce une raison pour laisser pousser sa barbe ? [...] J'aimais cette résistance coriace dont je ne venais jamais à bout ; mystifié, fourbu, je goûtais l'ambiguë volupté de comprendre sans comprendre : c'était l'épaisseur du monde... » (*Les mots*). C'était son commencement : rien du tout ou presque, des phrases qu'il lisait enfant sans les comprendre et qui avaient leur beau mystère. Ainsi, c'est à bon droit qu'il pourrait plus tard dire avoir été « lié » à Flaubert depuis toujours. Il avait découvert très tôt la *Correspondance*, et certains exégètes savants ne s'étaient pas privés de relever qu'on y croisait souvent un mot d'origine normande, « rocantin » que Flaubert écrivait « roquentin », employait comme synonyme de « vieux », « méchant » ou « avachi », et que Sartre ne pouvait manquer d'avoir eu à l'esprit en baptisant ainsi son héros de *La nausée.* Durant la guerre, il avait relu et détesté *L'Éducation sentimentale*, « une histoire piteuse gravée dans du marbre ». On trouvait des traces de son intérêt pour Flaubert dans *L'être et le néant*, où il lui consacrait une vingtaine de pages et envisageait pour plus tard un traitement approfondi. De loin en loin dans son œuvre le thème Flaubert lui faisait des périodes. Dès qu'il parlait d'écriture ou d'écrivains, comme dans son *Baudelaire* ou son *Qu'est-ce que la littérature ?* et encore dans *Question de méthode*, Flaubert lui venait sous la plume, comme un remords encombrant, une chose qui aurait dû se faire et qui ne s'était pas faite encore. L'adulte, par le dernier livre, retournait enfin en arrière, et éclairait l'enfant sur le sens des phrases d'autrefois. La boucle était bouclée, il pouvait mourir, fermer les yeux enfin, après avoir rouvert ceux de l'enfant des débuts. Au passage, seulement, il aurait troqué la bêtise des commencements contre la terrible lucidité de l'écrivain. L'adulte, un peu cruel, dessillait l'enfant mais on comprenait que c'était pour son bien : main dans la main à présent, le petit et le grand, ils entraient dans la tombe sartrienne, où on n'acceptait que ceux qui avaient le regard clair. Guéri d'une folie de plus, Sartre refermait la porte du mausolée. Il aurait pu inscrire au fronton le mot qu'il avait eu pour répondre en 1923 à une enquête sur les étudiants d'aujourd'hui — aujourd'hui, d'autrefois : « Nous sommes moins heureux mais plus sympathiques », disait-il. On est moins heureux à renoncer aux légendes pour l'intelligence, mais, faut-il espérer, tellement plus vrai. Sartre affûtait sa dague de trois mille pages, autant pour percer à jour Flaubert que pour se percer le cœur. « Battez votre âme et toutes les âmes crieront... »

« *Flaubert* se rattache d'une certaine façon à *L'imaginaire* », disait-il, joignant ensemble les premiers et le dernier livres, rabattant le couvercle sur toute l'œuvre rassemblée. « Moins un portrait qu'une méthode », ajoutait-il, reprenant les mêmes mots qu'il avait employés trente ans plus tôt pour peindre Guillaume II ou se dépeindre dans les carnets. Il était dans son livre. Un livre, et tout autant un champ de fouilles, mais sous la garantie qu'offrent aux archéologues les limites réelles de la cité qu'ils cherchent à exhumer. Où arrêter un homme, à quelle profondeur décider que ses vieux os rendent le son juste ? Il avait ironisé en 1942 dans *L'être et le néant* sur les essais psychologiques ordinaires : « Voilà, se dit-on, Flaubert était ambitieux. Il était "comme ça". Il serait aussi vain de se demander pourquoi il était tel que de chercher à savoir pourquoi il était grand et blond : il faut bien s'arrêter quelque part... » Eh bien, une fois de plus, il ne ferait pas comme tous les autres, mais comme personne. Il ne s'arrêterait pas, pas avant d'avoir compris, murmurait-il vers la fin, presque en s'excusant de poursuivre, quand tout de même on lui disait que son livre n'en finissait pas et que peut-être il en avait assez dit déjà. Au fond, il s'était lié, il tenait parole, il ne pouvait se dédire, sauf à laisser à son tour un banal essai psychologique de plus. C'était pour nous qu'il était entré dans ce grand sacrifice, qui l'empêchait de faire autre chose de son temps.

Au début, il avait pu avoir le projet d'écrire autant de pages sur Flaubert que Flaubert en avait écrit sur tout et rien : le recouvrir de ses mots, comme il avait montré autrefois le Tintoret occupé à vêtir Venise de ses tableaux. Moins restituer un Flaubert jusque-là dissimulé que le récrire de bout en bout. Il n'avait pas hésité à s'y essayer avec Genet vivant, alors, un mort... Mais le *Genet* pouvait encore passer pour une introduction, une préface au Genet réel, qui restait libre de contredire l'écrivain... à condition toutefois de tout changer en lui. Genet, informé du projet, avait songé plutôt à « jeter le manuscrit au feu », rapportait Sartre avec amusement. Cette immolation envisagée ressemblait à un aveu : Sartre avait vu juste, Genet ne pouvait changer, seulement détruire le livre peut-être. Flaubert, mort, était plus coriace. Sartre cette fois ne dévorait pas tout cru un vivant, mais entamait un cadavre. Le gros livre proliférait dans cette tombe qui ne lui trouvait pas d'excuses. Trois mille pages, combien encore ? Jusqu'à ce que la main lâche, que le pied défaille, jusqu'à ce que près de ce mort il entame sa propre veillée funèbre. Il avait fait plus court autrefois, sur Baudelaire par exemple, mais justement, il disait que son *Baudelaire* était raté, quant au *Tintoret*, il s'y était vite ennuyé. On cherchait un autre exemple du même projet, en moins long, et qui aurait réussi. On avait trouvé : un livre sur quelqu'un qui ne lui était pas plus sympathique que Flaubert, lui-même, dans *Les mots*. Liquider cette enfance avait pris deux cents pages, autant dire rien du tout. Mais c'était une autre histoire, on confondait tout. *Les mots* avaient été une orgie de sang, une Saint-Barthélemy. Sartre se promenait trompette en bouche, sous les murailles fracassées de son enfance, le *Flaubert* était un siège de longue haleine où il n'importait plus que la ville tombe. On l'investissait de l'intérieur, l'assiégeant et l'assiégé prenaient le temps de faire connaissance, ils partageaient le même pain, se préoccupaient de moins en moins de se combattre — à quoi bon, et qui les départagerait ?

À vrai dire, comment et quoi compter dans cette entreprise démesurée : les moyens employés, les pages écrites, le but ou le résultat, ce qui restait à faire ou bien ce qui était déjà accompli ? « J'y travaillais par intermittence depuis quinze ans. Pourtant je ne le finirai pas », constate-t-il en 1975, sans amertume apparente, pour préciser aussitôt, comme si le doute était permis : « J'ai dû l'abandonner par la force des choses. Je *voulais* le terminer. » Cela restait un « remords » puisqu'une des raisons qui l'avaient poussé à reprendre son *Flaubert* était de « finir un jour quelque chose dans [sa] vie ». Et puis, il se consolait : « un autre » pourrait le terminer à sa place à partir des trois premiers volumes. Il n'avait plus la force de le faire lui-même ; aveugle, il ne pouvait plus écrire ; le moulin déserté ressemblait désormais à un caveau où gisaient côte à côte Flaubert et Sartre, l'idiot de la famille et le touche-à-tout de génie. Sartre avait scellé cette tombe de ses mains, en obstruant l'entrée de cette énorme pierre : le plus gros des livres qu'il eût jamais écrits défendait le passage. « L'essentiel en est fait », ajoutait-il comme si en effet, emmuré vivant dans son livre, il pouvait compter sur l'immortalité que confèrent parfois aux bâtisseurs les ouvrages prodigieux. La barque funéraire sur laquelle entreprendre le voyage était alourdie d'un trésor supplémentaire rapporté d'une ultime campagne guerrière : le *Flaubert*, le dernier des livres, après tant d'autres livres ! À bien y regarder pourtant, près des deux grandes figures allongées parmi les objets funéraires, dans la tombe si bien cadenassée par ses soins, il s'en distinguait une troisième, plus fragile, si petite qu'on hésitait à la reconnaître pour ce qu'elle était : sa propre enfance. Dans cette pénombre, on ne savait dire ni si l'enfant était vivant ou bien mort, ni s'il avait joint l'enfance à ce lourd équipage pour la dire ou la taire.

Finir le *Flaubert*, à quoi bon ? D'une certaine manière c'était déjà fait. Il donnait de la chose finie cette définition dans *Qu'est-ce que la littérature ?* : celle qui, une fois faite, paraît ne plus être de soi. Et voilà qu'il soutenait qu'« un autre » aurait pu finir le *Flaubert* à sa place. Sur le sujet, il avait d'ailleurs dit à peu près tout et son contraire : aux maos que chaque partie appelait une fin, à d'autres que la dernière partie, consacrée à *Madame Bovary*, n'était pas si importante, que n'importe qui pourrait l'écrire, ou même personne, puisque le lecteur en comprendrait la nature en prolongeant les volumes précédents. Il restait que ce qui avait fini entre les pages de ce livre, c'était sa carrière d'écrivain, sa possibilité d'écrire encore. Il n'écrirait plus de phrases et ne les dicterait pas non plus. Pourtant, aveugle, il était après tout devenu cet « autre » pouvant prendre la suite pour achever le livre. Finir le *Flaubert* dans les sept ans qui lui restaient, par petites touches dictées au magnétophone ou à ses proches, alors qu'il jugeait ses capacités intellectuelles à peu près intactes, eût fait un portrait au final bien surprenant pour cet écrivain qui, comprit-on à le découvrir soudain silencieux, aimait l'acte matériel d'écrire autant que ses conséquences, les livres. Écrire, tracer les mots, les voir et les relire, vivre durant sa vie les mêmes joies que l'enfant quand le miracle brut de la langue s'accomplit sur la page. Œil et main, peintre et scribe jusqu'au bout, il refusa de dicter son livre comme on le lui suggérait. Les mots ont une chair de papier, ils possèdent un corps de lettres que la parole ne peut comprendre ni connaître seule. Après les mots, le silence, dont ils étaient issus et où ils retournaient, fournissait la seule chute possible à ce grand roman d'écriture.

Il semblait dans son inachèvement final donner raison à tous ceux qui derrière son dos, depuis quelques années, murmuraient, ainsi qu'on avait murmuré derrière Flaubert et ses rêves de style. Sartre, entendait-on, était bien le dernier homme de l'époque à croire encore qu'on attende d'un seul toutes les réponses sur le Vrai, la Liberté, l'Être. Les temps étaient à la spécialisation, aux sciences, qui chacune exige tant qu'aucun individu ne peut prétendre les posséder toutes. La totalité sartrienne, tout comprendre et tout dire, était devenue inactuelle. Elle faisait soudain figure de vieillerie remisée à l'arrière-boutique du siècle, parmi les invendus passés de mode. Au moment de l'inventaire, on se souviendrait que c'était un rêve que les hommes avaient fait autrefois, un rêve qui, finissant avec Sartre, le rapprochait brutalement de Platon ou de Hegel et le séparait d'autant de ses contemporains.

7

Pour finir

L'enfant avait été un écrivain d'une espèce curieuse, qui ne se relisait jamais et n'achevait rien de ce qu'il écrivait. À la fin de la journée, ses cahiers de romans s'empilaient à ses pieds, il ne se baissait même pas pour les ramasser, trop occupé à continuer d'écrire. « Étranges "romans" toujours inachevés, toujours recommencés ou continués, comme on voudra, sous d'autres titres, bric-à-brac de contes noirs et d'aventures blanches, d'événements fantastiques et d'articles de dictionnaire ; je les ai perdus et je me dis parfois que c'est dommage : si je m'étais avisé des les mettre sous clef, ils me livreraient toute mon enfance. » Qu'est-ce qui avait changé, quand il était devenu écrivain pour de vrai, avec des livres publiés, comme on les met sous clef, mais chez l'éditeur, sinon qu'au lieu d'atteindre avec eux la fin de la journée il avait atteint la fin d'une vie et que la pile avait gagné en hauteur tout ce que l'homme y avait passé en heures ? Ou encore que les livres repris, recommencés, il pouvait les donner tels quels à lire depuis qu'il avait quitté la chambre close de l'enfance pour le monde en vérité moins regardant des adultes. Il avait vécu pour donner au mystère de l'enfant un nom, Sartre, qui, publié d'autorité, à lui seul bon à tirer pour les imprimeurs, cherchait à résoudre dans les livres l'énigme de sa propre écriture. Il avait troqué l'enfance contre un rêve d'adulte.

Il se disait sans racines, sans terre, il avait rompu très tôt avec sa classe sociale, et médité de le faire avec son pays, qui l'insupportait. Il avait défait tant d'autres liens encore sans que la mort s'en mêle, femmes, amis, et souvent dans la joie, la même joie qui l'avait pris autrefois à l'idée d'avoir perdu ses carnets, la joie d'avoir égaré ses attaches, celle de pouvoir tout jouer à qui perd gagne puisqu'on n'a rien dans les mains, rien dans les poches, mais seulement ce qu'on a consenti et qui se peut révoquer : le serment n'engage qu'un homme, le même qui peut le défaire. Et il était depuis l'âge de huit ans « ligoté à son désir d'écrire », c'est-à-dire à l'enfance, c'est-à-dire au même.

Il avait fait autrefois un court livre pour nous dire : ce n'est pas moi. Toute une œuvre avait suivi et qu'importaient ses dimensions parce qu'une œuvre est toujours aux limites d'un homme, faite de tout et rien, mais faite par quelqu'un, une œuvre pour répéter en écho dans les livres : j'écrirai, sans raison, comme on tient parole ou bat une mesure. Il avait donc écrit longtemps, et partout, en toutes circonstances, comme on s'oxygène : prisonnier en Allemagne, retiré dans des chambrées, ballotté par l'urgence, à coups de médicaments, en pleine nature aussi, rédigeant un passage de *L'être et le néant* sur une cime des Pyrénées tandis que le petit Bost et le Castor pédalaient encore pour l'y rejoindre. Les roues de son vélo abattu tournaient derrière lui tandis qu'il écrivait sur sa page.

Écrire, qu'était-ce pour lui ? Il prenait dans *Les mots* le parti de la légende. Commencer, et *in extremis*, il retirait du texte son démenti : « Il n'y a pas de commencement. » Il aurait fallu dire : il n'y a pas besoin de commencements dans les vraies légendes qui, sans auteur, peuvent jouer à être le récit intemporel des Fondements.

On l'avait vu depuis commencer tant de textes et de livres, et on avait fini par comprendre qu'il les recommençait. Il refaisait sur la page ce que la pensée avait déjà fait. Et cette page aussi, il la recommençait, plusieurs fois, et tout le livre souvent était aussi une reprise, une tentative réussie du même motif après des essais inaboutis. Ainsi, le début s'effaçait progressivement sous un texte en cours, et souvent la fin rendue inutile ne venait pas. Recommencer, ne pas finir, poursuivre étaient les grands verbes dissimulés de son écriture, comme si son œuvre avait pu illustrer l'aphorisme qu'il avait choisi pour le bandeau publicitaire accompagnant *L'être et le néant* : « Ce qui compte dans un vase, c'est le vide du milieu. » Les livres étaient comme le rebord de son écriture, les marges obligées d'un dedans où l'auteur en perpétuelle ébullition cherchait à se tenir tout entier.

Dernier mot

Il y avait un endroit sur cette terre où écrire lui avait paru impossible. Sur cette terre, si l'on peut dire : en mer. Il s'en étonnait vivement auprès du Castor alors qu'il se rendait en Amérique en 1947 pour retrouver une autre femme aimée, Dolorès. « J'ai mis quelques notes pour vous sur le papier mais comme je ne savais pas au début si je n'en ferais pas un bout d'article, parce qu'enfin c'est assez savoureux la traversée sur un *liberty ship* [...]. Et puis j'ai abandonné parce qu'on ne *peut pas* écrire en mer. C'est extraordinaire, on a l'impression que le vent et le tangage vous vident la tête. On ne peut rien faire que causer indéfiniment ou regarder indéfiniment la mer où le mouvement des vagues remplace le mouvement des pensées dans la tête. »

Allez savoir pourquoi il ne le pouvait pas. Parce que la place était prise. La mer autour de lui à perte de vue, comme le grand livre rêvé, les pensées lentement roulées par l'océan dans sa houle, dans l'œil du cyclone, il avait son comptant de bonheur. Parce que gratter sur ses genoux une page de plus pour que de petits mots se mettent à dire ce qu'ils peuvent, qui est toujours à la fois trop et si peu, lui était pour une fois rendu vain par le lent mouvement indéfini des vagues qui se moquent bien, elles, de signifier quoi que ce soit : elles sont. Si proche de la langue immuable de la matière, il se taisait. Ou bien c'était encore qu'il avait toujours écrit pour se détacher, couper des racines, penser contre soi, et qu'ici, loin de tout, sur l'eau, il flottait. Il n'avait pas de prise, aucune matière où exercer sa poussée, rien à repousser, nulle part où frapper, pas de moquette dont faire apparaître la trame sous l'usure. Ou pour d'autres raisons qu'il ne disait pas. Qu'importe.

Pour son odyssée, il lui aurait suffi de se laisser couler sans fléchir dans le chant des sirènes. Écrire, murmuraient les voix depuis l'océan, et il les avait rejointes, comme on se glisse dans un drap pour dormir. Justes ou fausses, chacun jugera selon son tempérament de ce qu'il advint de toutes ses prophéties, celles de l'enfant qui rêvait une œuvre, du jeune homme qui pensait que son œuvre serait finie à soixante ans, de l'homme mûr qui ne voulait penser qu'au livre suivant, ou du vieil homme qui jugeait qu'il resterait par ses *Situations* mais qui avait rajouté *in fine* à la pile, au cas où, l'énorme *Flaubert*.

Enfant, il avait lancé un jour à sa mère qui voulait allumer la lumière dans la pièce où il jouait à écrire : « Même dans le noir, je pourrais écrire. » Mais il ne l'avait pas pu. L'adulte n'avait pas été aussi bon magicien que l'enfant : l'œil privé de lumière, la main avait lâché la plume.

Soixante ans d'écriture pour comprendre que l'écriture est une drôle d'aventure, et aussi qu'il ne faut pas en vouloir aux enfants. Les enfants ne mentent pas, seulement, ils ne savent pas ce qu'ils disent, et les adultes qui suivent pas toujours ce qu'ils font.

Jean-Philippe Antoine
La chair de l'oiseau. Vie imaginaire de Paolo Uccello (Prix Yourcenar 1992)

Marie-Louise Audiberti
Le vagabond immobile. Robert Walser

Catherine Axelrad
Vies et morts d'Esther
L'enfant d'Aurigny

Bruno Bayen
Le pli de la nappe au milieu du jour

Christian Bobin
Le Très-bas
(Prix des Deux-Magots, Prix Joseph Delteil, Grand prix catholique de Littérature, 1993)
La plus que vive

François Bott
La Demoiselle des Lumières

Alain Boureau
Histoire d'un historien. Kantorowicz

Geneviève Brisac
Loin du Paradis. Flannery O'Connor

Idelette de Bure
Rouge ou la proie du peintre

Michel Chaillou
La rue du Capitaine Olchanski. Roman russe

Philippe Comar
Mémoire de mon crâne. René Des-Cartes

Mariette Condroyer
Tous les parfums de l'Arabie

Jean-Michel Delacomptée
Madame La Cour La Mort
Et qu'un seul soit l'ami. La Boétie

Florence Delay
Dit Nerval

Sylvie Doizelet
La terre des morts est lointaine. Sylvia Plath
L'amour même

Claude Esteban
Le partage des mots

Colette Fellous
Le Petit Casino

Christian Garcin
Vidas
L'encre et la couleur

Sylvie Germain
La Pleurante des rues de Prague
Céphalophores

Guy Goffette
Verlaine d'ardoise et de pluie
Elle, par bonheur et toujours nue (Prix Atout Lire 1998)

Roger Grenier
Pascal Pia ou le droit au néant
Regardez la neige qui tombe. Impressions de Tchékhov (Prix Novembre 1992)

Trois heures du matin. Scott Fitzgerald (Prix Joseph Delteil 1996)
Les larmes d'Ulysse (Prix littéraire 30 millions d'amis 1998)

Michèle Hechter
Galluchat ou les mirages du requin de Chine

Christian Jouhaud
La main de Richelieu ou le pouvoir cardinal

Thierry Laget
Florentiana
La fiancée italienne

Pierre Lartigue
L'art de la pointe

Philippe Le Guillou
Le songe royal. Louis II de Bavière

Catherine Lépront
Le passeur de Loire

Jean Lévi
Le fils du ciel et son annaliste

Gérard Macé
L'autre hémisphère du temps

Diane de Margerie
La Femme en pierre

Pierre Michon
Rimbaud le fils

Michel Mohrt
Benjamin ou lettres sur l'inconstance

Jean-Noël Pancrazi
Long séjour (Prix Jean Freustié, Prix Roland de Jouvenel, 1998, décerné par l'Académie française)

Henri Raczymow
Le cygne de Proust
Pauvre Bouilhet

Jacques Réda
Aller aux mirabelles
Aller à Élisabethville

Jean-Pierre Rioux
Erckmann et Chatrian ou le trait d'union

Claude Roy
L'ami qui venait de l'An Mil

Danièle Sallenave
Le principe de ruine

Michel Schneider
Glenn Gould piano solo
(Prix Femina Vacaresco 1989)
Maman

Composition Graphic Hainaut.
Reproduit et achevé d'imprimer
sur Roto-Page
par l'Imprimerie Floch
à Mayenne, le 27 décembre 1999.
Dépôt légal : décembre 1999.
Numéro d'imprimeur : 47655.
ISBN 2-07-075761-7 / Imprimé en France.

93940